徳間文庫

警察庁ノマド調査官　朝倉真冬

能登波の花殺人事件

鳴神響一

徳間書店

目次

第一章　ふるさとへ　5
第二章　老刑事　62
第三章　能登島の謎　132
第四章　戦友　232
エピローグ　322

第一章　ふるさとへ

1

一二月初旬の日曜日、朝倉真冬《あさくらまふゆ》は二年ぶりに金沢市の実家に帰省していた。明日から能登《のと》半島の輪島《わじま》市を根城《ねじろ》に調査が始まる。前乗りしてこの土日は実家に泊まることにしたのである。

金沢に着いた昨日は、亡き父の墓参りをした。

真冬が五歳の誕生日に凶弾に斃《たお》れた父の墓所は、長坂町《ながさかまち》の大乗寺《だいじょうじ》にある。鎌倉時代に創建された曹洞宗の古刹《こさつ》である。駅から実家とは反対方向にバスで三〇分ほどのところだ。

実家は日本三百名山にも指定されている医王山《いおうぜん》の南西にあって、金沢市の郊外としては最も奥まった芝原《しばはら》という土地にある。

東西に雑木林の低い丘が連なり、田んぼに囲まれた実家の目の前には金沢市内を流れて日本海に注ぐ浅野川の支流が流れていた。真冬が通った小中学校はこの川を一キロほど下った場所にあった。いずれにしても淋しい場所である。

東側一・五キロくらいの場所に「金沢の奥座敷」とも呼ばれ、九軒の旅館が点在する湯涌《ゆわく》温泉があって、それほど不便ではなかった。

高校時代は一時間に一本のバスで五〇数分揺られて金沢の中心部にある学校まで通った。

ここは九谷焼《くたにやき》の陶芸作家である父方の祖母、朝倉光華《こうか》の陶房であり、住まいでもあった。

父に続いて母が亡くなった六歳の頃から、真冬はこの家で祖母に育てられた。

祖母は高名な陶芸家なので陶房には数人の弟子がいて、いつもわりあい賑《にぎ》やかだった。

真冬の面倒も交替で見てくれた。

ただ、祖母も忙しく、幼い頃の真冬は庭のまわりや浅野川の支流沿いの空地でひとりで遊んでいることが多かった。

それでも、陶房でエプロンを掛け生き生きと働く祖母の姿が真冬は大好きだった。九谷焼の生命である絵付けをしているとき、灯油窯《がま》の前で火の調子を見守っているとき。

その毅然《きぜん》とした姿に、働く女性としての敬意を持ち続けた。

真剣な目つきで作品と向き合い生み出す祖母は美しかった。

祖母は日本陶磁協会、石川県陶芸協会などの会員であり、とくに日本工芸会の開催する伝統工芸展には何度も入選して正会員となっている。

伝統的な九谷からは離れた現代的なセンスの作品を作り、草木や動物といった自然ばかりではなく、幾何学模様などの意匠も得意とした。精緻でありながら若々しく力強い作風は専門家に高く評価されていた。茶道具も焼くが、食器などの日用品にも力を入れていて主婦層に根強い人気があった。

その祖母も七九歳になった。

「ばーば、柿剝《む》いたよ」

真冬は漆塗りの盆に載せた祖母作のふたつの小鉢に柿を盛り付けて運んできた。

小鉢は九谷焼には珍しい濃茶系の釉《ゆう》を掛けた地に、細かい筆で霧氷《むひょう》の樹林を描いたものだった。柿の朱色がよく映《は》えるので食器棚から選んだ。

「ありがとう。こたつに入って一緒に食べよう」

やさしい声で祖母は言った。

実家は古い和風住宅なので、ファンヒーターをつけていても隙間風が忍び込んでけっこう寒い。冬場のこたつのぬくもりは必須だ。

「うん、食べよう」

真冬はこたつの天板にふたつの小鉢を静かに置いた。

「静かだね」

「今日は誰もいないんだよ。土日は休みにしてるし、窯に火を入れるのは年明け以降だからね」

「絵付けの時期？」

「そう、しばらくは絵付けの時期だね」

柿を食べながらふたりはしばらく他愛もない話を続けた。

祖母は湯涌温泉の総湯にはいまでもしょっちゅう出かけているらしい。女性の弟子たちが交替でつきあってくれてお湯にも一緒に入るそうだ。

真冬も高校を卒業するまでは、友だちやお弟子さんたちと何度もこの総湯に入りに行った。

ナトリウム―塩化物・硫酸塩温泉の四六度のお湯はクセがなくて肌にやさしくやわらかい。

よくあたたまって湯冷めしにくいので「温まりの湯」とも呼ばれ、北国にはぴったりの温泉だ。

「白雲楼《はくうんろう》ホテルに一度泊まりたかったなぁ」

なんの気なく真冬は言った。

「ああ、湯涌温泉のシンボルだったからね」

おだやかに祖母はうなずいた。

白雲楼ホテルは、昭和七年に湯涌温泉の最奥部に開業した豪華な温泉ホテルだった。

登録有形文化財にも指定された北欧、南欧、日本の建築様式をコンビネーションした外観は圧倒的なものだった。本館玄関は帝国ホテルと同じ、フランク・ロイド・ライトの設計だった。また、大広間の金箔襖絵《ふすまえ》は相川松瑞《あいかわしょうずい》の作で、宮本三郎《みやもとさぶろう》の大壁画など芸術的価値が高い内装も自慢だった。

陽《ひ》が落ちてから、ホテルの華やかな照明が玉泉湖《ぎょくせんこ》に映る景色に子どもの頃の真冬は、ディズニーのお城を思って憧れた。

玉泉湖自体が白雲楼ホテルが造ったものだし、ほかにも、ゴルフ場にプール、ダンスホールの施設を持つリゾートで、東洋一のホテルと謳《うた》われた。

だが、景気の波にもまれて平成一〇年に倒産し、平成一八年にはすべての施設が解体されてしまった。

現在は玉泉湖と丘の上の敷地が湯涌散策園として残るのみである。

「話してなかったけど、孝男《たかお》さんとわたしは白雲楼ホテルでお見合いしたのよ。昭和三七年のことだった」

祖母はうっすらと頬を染めた。

「そうなの！　知らなかった」

真冬はかるい驚きの声を上げた。

孝男さんとは真冬の祖父の名である。祖父は高校の社会科の教員だったが、真冬が生まれる前に病気でこの世を去っていた。

「ええ、大変に素敵なお部屋でね。わたしはぼーっとしていたので、お祖父さんの顔もよく見てなくてね」

「どうしてじーじを選んだのか教えて」

「嫌だよ。いまさら恥ずかしい」

「恥ずかしがる歳《とし》でもないでしょ」

からかうと、祖母はふざけて真冬を睨《にら》んだ。

「こうして真冬とおしゃべりするのも二年ぶりだねぇ」

一転して、さも嬉しそうに祖母は言った。

真冬は祖母の顔を見つめ直した。

面長《おもなが》で目鼻立ちがくっきりと整っている。真冬は母親似だが、祖母は遠い記憶のなかの父と似た顔立ちだった。若い頃の写真を見るとエッジの効いた美女だ。バタ臭いという古い言葉が似つかわしい。

子どもの頃から自分を愛してくれた祖母の顔を見ているだけで、真冬は泣きたくなってしまう。

「ごめんね、なかなか帰ってこられなくて」

真冬は肩をすぼめた。

警察庁に入庁して実務についてからは、毎日のように終電で帰る羽目になった。多忙期には徹夜して庁舎に泊まり込む日も少なくはなかった。正月休みですら、登庁する日が続いた。事件には暮れも正月もないのだ。結局、大好きな祖母の顔を見るのも二、三年に一度しかできなかった。

「いいんだよ。真冬が立派な仕事をしているのが、わたしはなにより嬉しいんだよ」

祖母は静かに笑った。

むかしよりずっとやさしくやわらかくなった祖母に、真冬はほんの少しだけ不安を感じた。

いつまでも元気でいてほしい。だが、やはり祖母は歳をとった。

気丈な祖母がしっかりしているうちに大切なことを訊《き》きたかった。

真冬は覚悟を決めた。

「わたしね、ばーばにずっと訊きたいと思っていたことがあったの」

真剣な思いを込めて真冬は言った。

「どんなこと？」

驚いたように祖母は訊いた。

「とーとが亡くなったときのこと」

ゆっくりと真冬は答えた。

祖母の目が見る見る開かれた。

「そう……」

祖母は沈んだ顔で言った。

石川県警の刑事課捜査員だった父は、真冬が五歳のときに殉職した。

犯人に銃撃されて生命を落としたのだ。

国家公務員総合職試験に合格したときに真冬がいちばんに警察庁を志望したことは父の死が影響している。国民の生活の安全を守る仕事に就《つ》きたいという気持ちが強かった。

もしかすると父の遺志を継いでみたかったのかもしれない。

真冬は父の死について詳しいことを長い間祖母に尋ねられなかった。

父の死が祖母にとって大きな心の傷になっていることがわかっていたからだ。

中学生の頃に少しだけ訊いたら、祖母らしくなく動揺して身体を震わせ、黙って涙を流し続けた。そのときから、この質問は十数年にわたって封印してきた。

祖母の長いまつげが揺れている。全身をちいさな震えが襲っているのだ。

「大丈夫？」

真冬は不安になって訊いた。

「ああ、大丈夫だよ。わたしだっていつまでぼけずにいられるかわからない。真冬にはもう話しとかなきゃならないねぇ」

祖母はなかばかすれ声で答えた。

「わたしも、とーとと同じ仕事に就いたでしょ。とーとがどんな風に仕事を全《まっと》うしたのかを知りたいの。ばーばにはつらい想い出だと思うけど……」

真冬は正直に自分の気持ちを伝えた。

真冬は父の事件の捜査記録を読んだことはない。手段を講ずれば閲覧できるだろうが、まったくの私用でそんなことをするのは真冬の考え方にそぐわなかった。

父の死については、祖母から話を聞きたかった。

「大丈夫なら聞かせて」

真冬はゆっくりと頼んだ。

「義男《よしお》が殉職したのは、真冬が五歳の誕生日、一九九五年の四月一四日の金曜日だった……」

遠い目になって祖母は言葉を継いだ。

「あの日、わたしは真冬の五歳のお誕生日をお祝いするために東山町の家に行っていた。おまえと一緒に近くの天徳院《てんとくいん》にいるときに、弟子の富田《とだ》が悲しい報《しら》せを伝えに来てくれた」

「富田さんが伝えに来てくれたことはうっすらと覚えている」

「一〇年以上前に富田は独立してね。いまはこの工房にはいないんだよ」

若い弟子だったが、真冬がこの陶房に来てからはときどき遊んでもらった記憶がある。

「あの日のことは、昨日のように覚えている」

祖母は沈んだ声で言った。

「桜吹雪がすごかった。お寺の鐘が鳴ってた。楽しかったのに……」

門前に舞う美しい桜が蘇《よみがえ》った。

はっきりとした記憶はそれしかない。通夜や葬儀のこともぼんやりとしか覚えていない。

だが、藍染《あいぞ》めの作務衣《さむえ》を着た富田が現れてからの、淋しくつらかった気持ちだけはいまでも忘れてはいない。

「それからわたしと由佳里《ゆかり》さんを金沢中署の人が輪島中央署まで送ってくれて、義男と会ったんだよ。真っ白な顔の義男を見て、わたしは腰が抜けてしまってね。本当に目の前が真っ暗になったよ。でも、由佳里さんはその場で倒れてしまってね。救急車で運ばれて、輪島市内の病院に入院することになったんだ。だから、わたしがしっかりしなきゃって思ってね。お通夜もお葬式もわたしが中心になって済ませるしかなかった」

由佳里というのは真冬の母だ。心臓が弱かったので、父の遺骸との対面は身体にどんな悪影響を及ぼしたことだろうか。

「義男は銃弾を喉の下あたりに受けていたんだ。でも、死に顔はとてもきれいで表情もおだやかだった。本当に眠っているように見えて、それだけが救いだったよ」

祖母は静かに言って目を伏せた。

「とーとが撃たれた場所は……どこなの？」

口にすると、胸がきゅっと痛くなった。

「能登半島の輪島市役所駐車場だよ。四月一四日の午後二時過ぎのことだそうだ。すぐに救急搬送されたんだけど、ほどなく病院で亡くなったそうだ。あとで気胸《ききょう》による窒息と大量出血が死因だって刑事さんから聞いたよ」

祖母は唇を震わせた。

「市役所駐車場のどのあたりかわかる？」

つらそうな祖母に追い打ちを掛けるようで心苦しかった。

「なぜ、そんなこと聞くんだい？」

祖母は首を傾《かし》げた。

「わたし、明日、仕事で輪島に行くんだ。とーとの倒れた場所に行って祈りたいの」

本当は花束を持っていきたいところだが、公共駐車場にそんなものを残して行くわけにはいかない。

「そうかい。ぜひ、義男の冥福《めいふく》を祈ってきておくれ。わたしもあのときから一度も輪島市には行ったことがないんだ。いろんなことを思い出すからつらすぎてね」

祖母の声は涙混じりになっていた。

「わたしもつらいけど、一度は行かなきゃって思ってる」

真冬の言葉に祖母はあごを引いて口を開いた。

「あの駐車場は左右に流れている川が合流した三角形の土地なんだよ。海に向かって右側が河原田川《かわらだがわ》、左側が鳳至川《ふげしがわ》というんだ。合流して輪島川となる。でね、わたしが教わったのは、駐車場まん中あたりの海へ向かってやや左側ということだ。義男は駐車場に入った警察のクルマから出て、すぐに撃たれたそうだ。犯人は鳳至川の対岸に停《と》めたクルマのなかから銃を撃ったって話だよ」

そうだったのか。

「犯人はどんな人間だったの？」

真冬は犯人のことすら聞いていなかった。

「沼野《ぬまの》って名前の四〇代の男だよ。暴力団関係者だってさ。だけど、捕まる前に死んでしまったんだよ」

「死んだ……」

祖母はかるくあごを引いた。

「クルマでそのまま逃げて、三日後に輪島市の外れの海岸に死体で漂着したそうだよ」

「動機なんかはわかっているの？」

「残念だけど、警察も動機はわからないって……」

首を振って祖母は答えた。

「とーとを恨んでた暴力団関係者なのかな」

父が刑事畑だったことは知っている。だが、捜査四課、現在の組織犯罪対策課だったのだろうか。

「でも、義男は暴力団の係じゃなかったんだって刑事さんが言ってたよ」

「そうなのね」

「ごめんね、もっと詳しいこと聞いたかもしれないけど、覚えているのはこれだけ。わたしもショックを受けてたからね。とにかく、残された由佳里さんと真冬のことが心配で……どっちにしても義男は帰ってこない。それに恨むべき犯人は死んでしまった。でも、刑事さんもよくわからない事件だって言ってたのははっきり覚えている」

「とーとは輪島市役所には捜査で行ったのかな？」

「あ、そうそう、ほかの刑事さんたちと一緒に捜査中だったって」

父の死は捜査していた事件と関係があるのだろうか。

「とーとはその頃、何課だったかわかるかな?」

祖母は天井を仰いだ。

「えーと、たしか……県警本部の捜査二課だって」

「捜査二課……」

予想もしない答えが返ってきた。

捜査二課が扱うのは、詐欺・横領といった知能犯と金融機関や会社の役職員が行う不正融資・背任といった企業犯罪、政治家や公務員などの贈収賄、買収・投票偽造などの選挙犯罪、さらには通貨偽造・文書偽造だ。所轄では知能犯係が扱う事件だ。

真冬は勝手に死亡当時の父は捜査一課に所属していたと思い込んでいた。

捜査一課は殺人、強盗、暴行、傷害、誘拐、立てこもり、性犯罪、放火といった犯罪を扱う。所轄では強行犯係が担当部署だ。

父は強盗犯かなにかの身柄確保の瞬間に、犯人に撃たれたと思い込んでいた。しかし二課となると話は違ってくる。しかも犯人は事件からまもなく死亡している。海岸に遺体が漂着したということは殺されたのかもしれない。

どうやら闇の深い事件のようだ。

いまさらながらに真冬は父の死の真相を知りたくなってきた。

「義男はね、警部補だったんだよ。殉職して警視になったけどね。そんなもん意味ないよね。ただ、五月の終わりに県警本部で警察葬をしてくれた。わたしも由佳里さんも参列した。立派な祭壇に大きな遺影を飾ってくれて、何百人という警察官がずらっと並んで、義男の死を悼《いた》んでくれた。本部長さんとかえらい人が弔辞を読んでくれてね。それは厳粛《げんしゅく》な式だった。わたしは感謝したよ」

祖母は少し声を潤ませた。

「わたしは覚えてないなぁ」

警察葬は音楽隊も入るような大規模なセレモニーだ。いくら五歳でも記憶の隅に残っていそうなものだ。

「真冬も参列する予定だったけど、風邪を引いちゃったんだよ。おまえを弟子たちに預けてわたしと由佳里さんだけが遺族として参列したんだ」

なるほどそれでは記憶にないはずだ。

犯人が死亡してしまったら、被疑者死亡で送検して事件は終わる。動機等の解明に掛けられる時間はほとんどなかっただろう。

「ばーば、ありがとう。だいたいわかったよ」

頭を下げて真冬は礼を言った。

「わたしもいつか話さなきゃと思ってたんで、肩の荷をおろした気分だよ」

祖母はかすかに微笑《ほほえ》んだ。

五歳のあの日に祖母から聞いた「『雪の下より燃ゆるもの』をずっと探し続けて焼き物を焼いている」─「雪の下に眠る宝物という意味で、あなたを真冬と名づけた」という謎の言葉の意味を聞きたいという気持ちがあった。祖母はあのとき真冬を宝物と言ってくれた。

だが、父の死の話を聞いた今夜は尋ねずにおこうと思った。

祖母も疲れたことだろう。次回に会ったときの楽しみにとっておこう。今度は一年以内にはきっと帰ってこよう。

「そうだ、昨日こっちへ来るときに《福梅》買ってきたから、お茶淹《い》れるね」

真冬はこたつから出て立ち上がった。

紅白の《福梅》は梅形のもなかで金沢ではお正月によく食べるお菓子だ。

真冬は台所に向かった。

いつの日にかなんとしても父の死の謎を解こうと真冬は内心で誓った。

2

真冬にとって能登半島はふるさと近くにありながら、なじみの薄い土地であった。

金沢市周辺にはたくさんの観光地や景勝地、温泉があって、子どもの頃にわざわざ能登へ足を運ぶ機会はほとんどなかった。

中学校の体験学習で羽咋《はくい》市の《国立能登青少年交流の家》に行ったことがあるくらいだった。

翌日、高校に登校していた頃に乗っていた始発バスで真冬は金沢駅へ向かった。

真新しい金沢駅のエキナカにあるカフェで朝食を取ってからホームに向かった。

能登半島の北部、いわゆる奥能登地方に移動するには、能越自動車道などを使う手もある。金沢から輪島市へは二時間半は掛からないだろう。

クルマの運転が得意でない真冬は迷わず鉄路を選んだ。

目的地の輪島市への鉄路は、真冬が子どもの頃に廃止されていた。現在はＪＲ西日本の七尾《なな お》線が和倉《わ くら》温泉駅まで延びていて、そこから第三セクターのと鉄道の穴水《あなみず》駅が終点となっている。鉄路を使っても、穴水からレンタカーを使うしかなかった。

真冬は、金沢駅で和倉温泉行きの《能登かがり火１号》という特急列車に乗り込んだ。

終点の七尾市和倉温泉は七尾湾に面して大型旅館が建ち並ぶ。能登で一番賑わう観光地と言っていい。高級旅館が多く、加賀市の山代《やましろ》温泉と並んで石川県内の宿泊客トップを競っている。

金沢を出て半島西側の海岸沿いを走っていた三両編成のディーゼル特急は、羽咋市から田園地帯で半島を横切り東側の七尾湾側に出る。

マップで見ると、すぐ近くのはずだが、なかなか海は見えなかった。

金沢駅から一時間ほどで、列車は和倉温泉に到着した。

列車に乗り込んだときに降っていた小雨は上がっていて、濃い灰色の雲が空を覆っていた。

和倉温泉から始まるのと鉄道は、ずっと内浦の海沿いを走って素晴らしい眺めが車窓に続いた。

いまは白波が立つ重苦しい鈍色《にびいろ》の海がひろがっているが、夏場はさぞ気持ちのよい風景であろう。

穴水駅で借りたレンタカーは、ピンク・メタリックの日産マーチ4WDだった。

雪が降るのは十日くらい先になるだろうが、いざというときに四駆は心強い。

真冬が輪島市役所の駐車場に着いたのは、正午に近い時間になっていた。

かなり広い駐車場の三分の一くらいのスペースはクルマで埋まっていた。

ほとんどが乗用車だが、営農トラックも目立つ。

事件が起きたのは二五年も前のことだ。

輪島市は二〇〇七年の能登半島地震で大きな被害を受けた。

震度六の地震に襲われたこの町では、死者が一名、負傷者は一〇〇名を数える悲劇が起きた。また五〇〇棟を超す建物が全壊という被害が発生した。

この駐車場もまわりの建物も、地震以前とはかなり姿が違っているのかもしれない。

ただ、道の向こうに見える市庁舎は、地震には耐えたらしい。ちょっと調べたところ、耐震改修は行われたものの一九七三年に建造された当時の姿だそうだ。
エンジンを切った真冬は、ドアを開けてアスファルトに降り立った。
緊張感が全身を襲った。
ここは父が狙撃された場所なのだ。
耳の奥で「かーか、おゆるっしゅ」という最後に聞いた父の言葉が蘇った。
病弱だった母を頼むという日々聞き慣れていた言葉。それが父の遺言のようになった。
ただ、その母も父の死の一年後には病没してしまった。
真冬の胸はなんとも言えぬ淋しさに包まれた。
父が凶弾に倒れた地点は、駐車場中央付近の海へ向かってやや左側と聞いている。
目見当で、真冬はそのあたりにゆっくりと足を進めた。
庁舎から少し遠いためか、そのあたりにはクルマは停まっていなかった。
近くには誰の姿も見えなかった。
曇り空のもと、正面の海の方向からかすかな潮の香りを乗せた風が吹いてくる。
「とーと、わたし、とーとの仕事を受け継いだんだよ」

真冬の口から自然にそんな言葉が飛び出した。

たくさんの記憶は残っていないが、あたたかな父であったと感じている。

もともと真冬は官僚でしかなかった。だが、地方特別調査官の任に就いていくつかの事件と取り組んで現場を知ることができた。いまは、自分は警察官であるという自覚が生まれてきている。亡き父との距離が近づいてきたという思いがあった。

父の返事を聞きたくて、真冬は目をつむって耳を澄ませた。

だが、なつかしい父の声が聞こえてくるはずはなかった。

小さく手を合わせて真冬は静かに父の冥福を祈った。

長いことそうしていたのだろう。

ウミネコが鳴き交わす声で真冬は我に返った。

左手に見える鳳至川の対岸に連なるコンクリート柵に、白いウミネコが点々と止まっている。

この駐車場は、祖母から聞いたように河原田川と鳳至川の合流する場所にある。合流地点から下流は輪島川となり、一キロほど先の輪島港付近で海に注いでいる。

どこかはっきりとはわからない。

犯人は鳳至川の対岸から父を狙撃したのだ。

いま鳴いたウミネコの止まっているあたりなのかもしれない。

真冬の心はざわついた。

鳳至川から目をそらすと、真冬はきびすを返してクルマに乗り込んだ。

目的地は輪島市北部の鴨ヶ浦《かもがうら》だ。

今回、明智光興《あけちみつおき》審議官から下された命は、今年の二月一五日に鴨ヶ浦の入江に若い女性の遺体が浮かんでいた殺人事件に関する調査である。輪島中央署に捜査本部が開設されているが、一〇ヶ月近く経っても犯人の目処《めど》すらついていない。警察庁に対して石川県警に不正の動きがあるためだとのタレコミがあった。この殺人事件を調査し、石川県警の不正を突き止めることが、真冬の使命だった。

真冬はエンジンを始動させ、駐車場から市役所前の道路へ出た。

カーナビに鴨ヶ浦と入力すると、鳳至川を渡って、輪島市北端の輪島崎を目指すルートを示している。

真冬は嫌でたまらなかったが、ちいさな橋で鳳至川を渡った。県道三八号を北へと進む。

市街地を抜けて坂を下ると正面に濃い灰色の海がひろがった。

かなり荒れている。

ギザギザの白い波頭が遠い海面まで幾重にも牙を剥いていた。

このあたりは袖《そで》ヶ浜《がはま》という場所らしい。

外浦と呼ばれる能登半島の西海岸に初めて出会ったのだ。

のと鉄道で眺めた内浦の海よりずっと波が高く厳しい雰囲気を持っている。

カーナビに従ってT字路を右折した。県道から離れて左手に荒れる海を見ながら、輪島崎へと進む。

季節外れで誰もいない海水浴場の松林を通り過ぎると、道路はぐんと狭くなった。すれ違いにも苦労しそうな道は海岸近くまで下りていった。

ガードレールが切れると、左手は激しい波が立っている。

まばらな岩礁が作る波のしぶきが砕け散って、クルマのガラスにしぶきが掛かり続けた。

「うわっ」

このまま海に呑み込まれてしまうのではないかという恐怖を感じて、真冬はクルマを停めた。

落ち着いて観察すると、いまの波にはそこまでの力はなさそうだ。

とは言え、冬の海のこんな激しい姿は、金沢市周辺ではあまり見たことがない。

同じ石川県の海でありながら、真冬は異境の地を旅している感を強くした。

恐る恐る進むと、カーブの向こうにトンネルが現れた。

現場はトンネルを出たところにある。

素掘りにコンクリートを吹き付けた照明のないトンネルを抜けると、左手に白っぽい岩棚がひろがった。

「このあたりだ……」

真冬は身が引き締まるのを感じた。

海との距離が少し離れたので、トンネルに入る前のようにクルマに波しぶきが掛かることはない。

カーナビにはこの先数十メートルの位置に駐車場のマークが出ている。

真冬は現場を通り過ぎて一〇台くらいが停められるスペースにクルマを乗り入れた。

駐車場の端に、海に鼻先を向けた白いトヨタのライトバンが停まっていた。

ほかにクルマやバイクの姿は見られなかった。

マーチから降りて真冬はゆっくりと海を眺めた。

あまり見たことのない地形が視界に飛び込んできた。

数十メートル先に左右いっぱいにひろがる岩礁と道路側の岸辺の間は、細長い入江になっていた。

右手は外海に向かっている入江の入口で、左側は終端部の岩礁となっていた。

外海との間を隔てる岩礁には激しい波が立っているが、防波堤の役割を果たしている。

入江にはさざ波が見られるくらいで嘘のような静けさだ。

水深が浅いことと澄んだ海水のせいで、入江はまるで巨大なプールか潮だまりのような景観だった。

真冬はスマホを取り出して、直属の上司である明智光興審議官からもらっている死体発見地点のデータを表示させた。

明智審議官は警察庁長官官房の刑事局担当審議官で階級は警視監である。東京大学法学部出身のキャリアで、本来ならば一警視に過ぎない真冬が直接口をきけるような相手ではない。

だが、地方特別調査官の職に就いてから、必要なときには直接連絡をとるように下命されている。

ゆっくりと真冬は地図データと実景を見比べた。

右手に見える橋は汐見橋《しおみばし》という名前らしい。手すりもしっかりしたコンクリートの立派な橋だが、車両が通れるような幅員《ふくいん》ではない。

入江の左手にはちいさなコンクリートの橋が二本架《か》かっていた。地図によれば、右手の汐見と合わせて岩礁と行き来できるようになっている。この三本の橋を中心に散策路が作られている。地図には鴨ヶ浦散歩道という名前が記されていた。

「現場はまん中の橋のところか……」

遺体発見地点は三本の橋のうち、駐車場に最も近いまん中の橋のすぐ左側の海中だった。

真冬はスマホ片手に歩き出した。

駐車場の左端すぐにある入口から舗装された散歩道に足を踏み入れた。

岩礁の防波堤のおかげで波は心配しなくてもよかったが、北西方向からの強い風が真冬の全身に襲いかかった。

S字にカーブした散歩道を三〇メートルほど進んだところに、問題の橋が架かっている。

コートの襟を立てて強い季節風をしのぎ、両脚に力を入れながら真冬は橋を目指した。

「なんだろう?」

目の前に飛ぶ牡丹雪にも似た白いかたまりに真冬は目を見張った。

泡だ。さまざまなかたちの大小の泡が風に舞い上げられて空中に漂っているのだ。

白い泡はすぐに地に落ちて来る。

風が吹くと、ふたたび白い泡は宙に舞った。

真冬はしばしの間、この不思議な自然現象を飽かずに眺めていた。

しばらくすると雲が少しだけ薄れてわずかに陽が差し始めた。

陽光が白い泡をキラキラと輝かせた姿は、宙に舞うオブジェのようだ。

「わぁ、きれいっ」

泡をつかまえようと、真冬は両腕を開いてつま先立ちした。

「そりゃ、さわらんほうがいい」

低い男の声に真冬は驚いて振り返った。

白髪交じりの丸っこい輪郭の男がグレーのコート姿で立っていた。六〇前後だろうか。

真冬の頬はカッと熱くなった。

子どもじみた自分の振る舞いを誰かが見ているとは思わなかった。

駐車場に停まっていたライトバンのドライバーだろうか。

「こんにちは、この泡はなんですか」

照れを隠して真冬は明るい声で訊いた。

「波の花だよ」

明るい笑顔で男は答えた。

「波の花というのですか？」

「ああ、外浦の冬の風物詩だよ」

男はゆっくりとうなずいた。

「波の花はどうして生まれるんですか」

真冬は男の顔を見ながら訊いた。

人のよさそうな感じの男だが、目つきは思いのほか鋭い。

「この泡の正体はね、海のなかの植物性プランクトンの粘液や海藻なんだよ。それが海水と交じり合って波で攪拌《かくはん》されて岩に叩きつけられることによって泡が発生するんだ。軽いのでこうして風に舞い上げられるわけさ」

さらさらと男は説明した。

「なぜ、さわってはいけないんですか」

これはどうしても訊きたかった。

「波の花のもととなっている海藻のなかには有毒成分を含むものもあるんだ。それだけじゃない。各種のウイルスが存在することもある。場合によっては、海中に排出された人工物質の有毒成分を含んでいることもある」

「反省してます」

ふたたび真冬の頬は熱くなった。

「ま、ちょっとさわったくらいで、どうということはないけどね。波の花は眺めて楽しむものだな。降る雪だって汚染されていることは少なくない。あれと同じだ」

慰めるように男は言った。

「岩場で生まれるわけですね」

照れ隠しに真冬は話題を変えた。

「視線を左に向けて海面や岩場を見てごらん」

左手を見ると、海面や岩を覆うように大量の真っ白な泡が見られる。

「すごい。これが宙に舞ってるんですね」

真冬は目を見張った。

「今日は少ないほうさ。日によっては岩場いっぱいに波の花が付着していることもあるんだ。それこそ海岸全体っていう感じにね。生まれたときは真っ白で、空気に触れると黄色から茶色へと色が変わってゆく。ここのは、まだ生まれたばかりの波の花だね」

岩場の波の花に目をやりながら男は言った。

たしかにすぐ近くに見える波の花は真っ白できれいだ。

「能登だけで見られる現象なんですか?」

真冬の問いに男は首を横に振った。

「いや、北海道から本州の日本海側で見ることができる。また、オホーツク海に面した知床《しれとこ》半島付近でも発生する。ここ能登と北海道の留萌《るもい》地方や石狩《いしかり》地方の海岸線は全国的にもとくによく知られているんだ。能登では曽々木《そそぎ》海岸と垂水《たるみ》の滝付近、ここ鴨ヶ浦が有名だな」

死体の発見現場はたまたま日本有数の波の花の名所だったというわけだ。

旅行ライターを名乗っている真冬としては、波の花を知らないのは大ポカだった。

観光名所を調べる時間が足りなかった。

「日本海側に特有の現象なんですか」

真冬の問いに男は首を横に振った。

「外国ではもっとすごい規模の波の花が見られる。オランダでは数年前に波の花に呑み込まれたサーファー五人が溺死した事故があった。また、スペインでは嵐の洪水の際に街中が波の花であふれるような事態も発生した」

厳しい顔つきになって男は答えた。

「そんなに恐ろしい波の花があるんですか」

驚きの声を上げた真冬に、男は表情をやわらげた。

「幸いにも日本では、そんな大規模の波の花は発生したことはないよ」

「やっぱり、波の花はちょっと遠くから見て、冬の海の風情を味わうくらいがいちばんなんですね」

まわりで宙に舞う波の花を眺めながら真冬は言った。

「あんたは初めて見たんだね」

やわらかい声で男は訊いた。

「わたしは金沢の出身なんですけど、いま初めて見ました」

ちょっと照れて真冬は答えた。

「なんだ、同じ石川県人か。まぁ、加賀ではあまり見られないかもしれないな。輪島は初めてかな？」

男はゆったりとした口調で訊いた。

「おいね」

真冬は金沢弁で「はい」と答えた。

「あははは、能登では『おいかー』と言うよ。俺も、もともとは加賀人だ。小松市の出身だよ」

声を立てて男は笑った。

男の言葉には金沢特有の訛《なま》りはあまり感じ取れなかった。

「今日はラッキーだったよ。波の花は一一月頃から二月くらいまで見られる。でも、一二月でこんなに派手に舞っている日は少ない。あんたは行いがいいんだな」

男は上機嫌な声を出した。

「そんなこともないと思いますけど……どんな条件のときに波の花が見られるんですか」

今日ここへ来られたことは、ラッキーだったのだろうか。

「一般的には風速が一三メートル、波の高さが三メートル前後、気温が零度近い日がベストだとされている」

たしかに感覚的にはそれくらいの気象条件のような気がする。

「今日は寒いですもんね」

真冬はぶるっと身を震わせてみせた。

「ああ、陽が差してきたが、身体の底から冷えてくるような感じだな。ちなみに鴨ヶ浦の岩場が白いのは、輪島崎層石灰質砂岩っていう岩で構成されているからなんだ。

この砂岩が海蝕作用で鴨ヶ浦の入江を作ったんだな。東西が約四〇〇メートル、南北は一五〇メートルほどもある」

まわりを見まわして男は言った。

たしかにトンネルの向こうとはまったく違う岩の色合いだったが、砂岩なのか。

「本当にお詳しいですね」

真冬の素直な感想だった。男は観光関係の仕事にでも就いているのだろうか。

「いやなに、せっかく輪島にいるんだから、ここの名物くらい知っておこうと思ってね」

男は照れたように笑った。

この男はいったい何者なのだろうか。言葉も発声も明確だ。会話をしていて非常にしっかりした人物だということがわかる。

「輪島にお住まいなんですか」

なにげない調子で真冬は訊いた。

なぜか男の顔が急に淋しげに曇った。

「いや、住んでるのは金沢だ。仕事で久しぶりに輪島に舞い戻ってきたんだよ」

つらそうなその表情に、真冬は男が輪島でなにをしているのかは訊けなかった。

「写真を撮らなきゃ……」

独り言のように真冬はつぶやいた。

死体が発見されたという場所に立ってあたりの状況をしっかりと把握するのがいちばんの目的だった。

その記憶を鮮明に残すためには現場の写真をじゅうぶんに撮る必要があった。

「邪魔しちゃったな」

ちょっと肩をすぼめて男は言った。

「とんでもないです。波の花のお話を伺えてよかったです。あんやとね」

真冬はていねいに頭を下げた。

「なぁーんも。かさだかな」

笑顔で男は「いえ、たいしたことではありません」と答えてから言葉を継いだ。

「俺は向こうで景色見てるから、ゆっくり写真を撮るといい。もう少ししたら帰るよ。腹もへってきたしな」

軽く手を上げると、男は海の方向に歩き去った。

3

真冬はゆったりとした足取りで橋まで進んだ。

データにはこの橋の左側の海面、ここからおよそ三メートルの地点に被害者である平田友梨亜《ひらたゆりあ》の遺体は仰向けに浮かんでいたと記録されている。

現在の水深は数十センチしかない。

遺体は浮かんでいたというより、岩の上に横たわって水に浸かっていたという感じに見えるだろう。

だが、データによれば、遺体が発見されたのは二月一五日の午前七時頃だ。

当日は午前七時一八分と午後七時一一分が最大満潮だったので、発見者が見たときにはこのあたりの水深はもっと深かったのだろう。

今日は午後一時五五分が最大干潮なので、一時を過ぎている現在はかなり潮が引いている状態だ。

バッグのなかからいつもの小型一眼レフを取り出して、真冬はあたりの写真を撮りまくった。

死体発見地点だけではなく、橋の右側の入江も何枚も撮った。

真冬はカメラ片手に三〇メートルほど歩を進め、岩礁までたどり着いた。

ここから散歩道は左右に分かれている。右へ進めば入江の出口方向、左へ進めば終端部だ。

顔に遠くから波の飛沫《しぶき》が当たった。

このあたりにも波の花が舞っている。

左右どの方向も道は岩礁の上を通っている。

それでも右方向の岩礁の幅は広く、波は遊歩道からは遠かった。

だが、左側の散歩道は岩礁にぶつかる波が激しく、道の上を海水が洗っている。

これ以上進むことには身の危険を感じた。

真冬は右の道を進むことを選んだ。

「うわっ、すごい」

真冬は思わず叫び声を上げた。

右手には入江の全景がひろがっている。

さざ波が立つ入江の何カ所かで波の花が舞い上がっていた。

波の花は陽光に反射してあちこちで光っている。

道を進みながら、ふと、真冬は思った。

死体はなぜこの場所で発見されたのだろう。

たしかに、この鴨ヶ浦は人気《ひとけ》のない場所だ。

月曜日であるためかもしれないが、真冬が到着してから会ったのはさっきの男だけだ。

だが、死体を遺棄する場所としては適当とは言えない。

なぜなら、この入江は水深が浅く、死体が外海に流れてゆくことは困難だ。

もし海に遺棄するのであれば、犯人はなぜここを選んだのだろうか。

せめて岩礁の外に捨てれば、外海に流され死体の発見は遅れるはずだ。

考えられることは、別の場所ではなく犯行はこの鴨ヶ浦で行われたということだ。

たとえば、犯人と被害者の平田友梨亜はこの付近でケンカとなった。激情の末、犯人は友梨亜の頭を海に突っ込んで溺死させた。

これだけの材料では推測の域を出ないが、計画的な犯行とは考えにくいような気がした。

だいいち死体は思いのほか重たいものである。

ひとりで運搬して遺棄するのは、不可能ではないが労力を要する。

そんなことを考えながら歩いているうちに、散歩道はぐっと広くなった。

その先に岩礁を削って作ったような石段があり、高いところに手すりが設けられていた。

なんだろうと思ってスマホで調べてみると、鴨ヶ浦塩水プールという施設があるようだ。

輪島市の学校にプールがなかった昭和一〇年頃から、地元の水泳協会が中心になって岩場を掘り下げて海水を直接流出入させる方式で建造したプールだそうだ。現在も使われているこのプールは登録有形文化財に指定されている。が、もちろんいまは人の姿はなかった。

真冬は沖合を眺めながら汐見橋を渡って駐車場に戻ってきた。

駐車場には一台のクルマの姿も見られなかった。

あの男の姿もどこにも見あたらなかった。

風が弱まってきたためか、波の花はすでに宙を舞っていない。

現場をこの目で見た収穫は大きかった。

非常に特殊な地形であることと人気のない土地であることがはっきりわかった。

仕事上での収穫ではないが、美しい波の花を見られたことも真冬の心に残った。

詳しく説明してくれたあの初老の男に感謝した。

4

少しお腹が空《す》いてきた。真冬は昼食を取ることにした。

行き先は決まっていた。

輪島港近くの《まるや》という和食屋さんだ。

祖母は父の鎮魂のために訪れたときに何度かこの店で食事をしている。能登へ行くと言ったら魚料理が美味《おい》しいと勧めてくれたのだ。

クルマを輪島港に向けると、一〇分も経たないうちに港沿いの道に《まるや》の看板が見えてきた。浜通りという通り沿いだ。

立派な店ではない。焦げ茶色の羽目板《はめいた》の壁に黒い屋根瓦を載せた二階建てのちいさな店だ。

民家とあまり変わらないこの建物は、築後数十年は経ているだろう。

だが、その素朴なたたずまいに真冬は好感を持った。

四台分しかない店舗前の駐車場はすべて埋まっていた。

いちばん端に停まっているのは白いトヨタのライトバンだった。あの初老の男のクルマかもしれない。

真冬は通り沿いのかなりひろい公共駐車場にマーチを停め、数十メートルを歩いて店に入った。

店内は思ったより広かった。

左手にカウンターがあって、厨房で忙《せわ》しげに働く調理白衣の男たちの姿が見えた。

四人掛けのテーブルが六カ所と小上がりに四つの座卓が置いてあった。ぱっと見て半分ほどの席に客がいた。

例の男は小上がりのいちばん奥で食事中だった。真冬は会釈したが、気づかないようすだった。

「いらっしゃいませ」

明るい女性の声が響いた。

黄緑のエプロンを掛け、共布の三角巾で頭を覆った六〇代の女性が笑顔で立っていた。

「ひとりです」

真冬は人さし指を立てて言った。

「空いてるお席へどうぞ」

おばさんの声に、真冬はいちばん右手の隅のテーブル席に腰を掛けた。

メニューを見ると、海鮮丼とか刺身定食などという文字が並んでいる。

「なんにします？」

おしぼりとお茶を持って来たおばさんが訊いた。

「いちばんのお勧めを食べたいんですけど」

店の人に訊いてみるのがいちばんだと真冬は思っていた。

「寒ブリだね」

おばさんは迷いなく答えた。

「ブリですか」

なるほど、冬はブリの旬だ。

「お客さん、観光ですか」

おばさんは真冬の顔をじっと見た。

「まぁ、そのようなものです」

真冬はあいまいに答えた。

「《宇出津港《うしつこう》のと寒ぶり》ってのがあるのね」

おばさんは身を乗り出した。

「宇出津港っていうと、隣の能登町にあるんですよね」

穴水町から真冬は真っ直ぐ北へ進んで外浦側の輪島市に出た。内浦沿いに能登半島の先端を目指せば能登町だ。

「そうそう、宇出津港はね、一日に五〇〇本から一〇〇〇本のブリが水揚げされる日本で有数のブリの産地なのよ。たくさん獲《と》れるだけじゃなくて、丸々と太ってて脂の乗りが最高なんだから。でね、地元じゃあ《宇出津港のと寒ぶり》ってブランド名をつけてんのよ」

「そうなんですか。寒ブリって言えば氷見《ひみ》かと思ってました」

金沢では富山県の氷見市付近の海で獲れる《ひみ寒ぶり》がよく知られている。

おばさんは笑って首を振った。

「《ひみ寒ぶり》とね、《宇出津港のと寒ぶり》は同じ海域で獲れるのよ。氷見の網に掛からなかったブリが北へ上がってきて宇出津で獲れるってわけ。だけど、《ひみ寒ぶり》の規格は六キロ以上、《宇出津港のと寒ぶり》の規格は一〇キロ以上だから、こっちのほうが太って美味しいんだよ」

おばさんの声は誇らしげだった。

「な、なるほど……」

真冬は気押《けお》されて答えた。

「ましてこれから二月くらいまではいちばん美味しい季節だからね。今朝は船が出たけど、海が荒れ始めたから明日は漁がお休みかもしれない。いまがチャンスだよ」

いまがチャンスと言われると、逃したくなくなるのが人情だ。

このおばさんはなかなか勧め上手だ。

「ブリ食べたいです」

弾んだ声で真冬は答えた。

「ブリしゃぶとかいろいろあるけど、まずは刺身食べて行きなよ。刺身定食ならご飯とアラ汁がついて一二〇〇円だよ」

気を引くようにおばさんは言った。

「お刺身定食でお願いします」

真冬は元気よく頼んだ。

「はいよ。毎度っ」

威勢よく答えておばさんはカウンターに向かって「ブリ刺身定食一丁」と叫んだ。

「お待ちどうさま、ご飯おかわり自由だよ」

待つことしばし、おばさんは皿と小鉢が並んだ黒いお盆を運んできた。

七切れのブリの刺身と煮物の小鉢、漬物とアラ汁が載っていた。

まずは写真を撮らねばならない。

真冬の配下には、今川真人《いまがわまさと》という調査官補が配置されている。今川は二五歳のキャリアで階級は警部である。彼は本庁にあって真冬の調査の補助をする立場の人間である。

なんだかんだ言いながら、グルメな今川は真冬の食レポを楽しみにしている。

今川への食レポを忘れるわけにはいかないのだ。

真冬は期待に胸をふくらませて刺身を箸で取った。

口に持っていって噛みきると、コリッとした歯ごたえに驚いた。

ふつうのブリは身に脂を行き渡らせるために何日か寝かすという。その間にどうしても身はやわらかくなってしまう。

このブリはほとんど寝かせていないのだろう。

それでも身から沁み出す脂の旨みと甘みがたまらない。

おばさんが自慢するのも無理はない。

いきいきとした豊かな美味しさに真冬の舌は震えた。

小鉢の煮物はブリ大根だった。

大根に染みこんだブリの香りと味がほどよい醤油味とよく似合う。

ブリのアラ汁にも脂がほどよく溶け込んでいて真冬は舌を鳴らして味わった。

真冬は大満足で定食を平らげた。

歯を磨きたくて店の奥の洗面所に向かうと、通路右側の小上がりにあの男が座っていた。

座卓の上にまだ料理は残っていたが、男は難しい顔をして黒い表紙のファイルを覗《のぞ》き込んでいた。

「さっきはどうも」

真冬は立ち止まって声を掛けた。

「ああ……この店に来たのか」

ファイルから顔を上げると、男は軽くあごを引いて答えた。

「ええ、ブリが美味しかったです」

真冬は愛想よく答えた。

「そりゃよかった」

素っ気なく言って男はふたたびファイルに目を落とした。

歯磨きから戻ってきた真冬は、男が覗き込んでいるファイルを見て声を上げそうになった。

――輪島市鴨ヶ浦で女子大生の遺体が見つかる。

——女子大生の遺体、鴨ヶ浦で発見。

まぎれもない。真冬が調査を命じられた事件を報道する新聞記事のスクラップだ。

男は何者なのだろう。

現場にもいたのだ。

少なくともあの事件となんらかの関わりがあることは間違いない。

声を掛けないわけにはいかない。

「あの、ちょっとお話ししたいんですけど、お時間ありますか？」

真冬は低い声で男に話しかけた。

「あ、ああ……」

驚いたように男は顔を上げた。

「ちょっと会計してきちゃいます」

カウンターの横に立っていたおばさんに会計を頼んだ。

「最高のブリでした。ごちそうさま」

「よかったよ。お勧めして。宇出津の漁師はブリに誇り持ってんだよ」

おばさんは笑顔で食事代を受けとった。

真冬はかるく頭を下げると、男の席の前に歩み寄った。

「向かいに座ってもいいですか」

「かまわんよ」

男は素っ気なく答えながらも、真冬の顔をじっと見つめている。

真冬は男の前に座って頭を下げた。

「鴨ヶ浦ではありがとうございました」

「うん……だが、わざわざ礼を言いに来たわけじゃないだろ」

鋭い目で男は真冬を見た。

「あの……二月の事件のことを調べているんですか」

慎重に言葉を選んで、真冬は切り出した。

「あんた、何者なんだ？」

男は目を光らせた。

「申し遅れました。わたし朝倉真冬と申します」

真冬はポケットに入れた名刺入れから一枚を取り出して男に渡した。

氏名のほかにはライターという肩書きと携帯番号、メアドだけを載せている名刺だ。

「朝倉さんだって……」

なぜか男の表情に一瞬、緊張が走った。

「はい、フリーライターをしておりまして……東京から参りました」

真冬は不思議に思いつつも自己紹介を続けた。

「俺は遊佐《ゆ ざ》という者だ」

男は名字だけを名乗った。

「遊佐さんですね。どうぞよろしく」

愛想よく真冬はあいさつした。

「朝倉さん、あんた、なんの取材で能登に来たんだね？」

遊佐は厳しい目つきのままで訊いた。

「いつもは旅行雑誌の《旅のノート》や《トラベラーズ・マガジン》を中心に記事を書いています」

真冬は苦しい言い訳をしなければならなかった。

この二社については、警察庁から契約ライターとして朝倉真冬の名前を登録することを依頼してある。

もし第三者から照会があった場合に、自分の社と契約しているフリーライターだと答えてもらえる手はずになっている。むろん、雑誌社に対しては、真冬の調査官の職責などについては伝えてはいなかった。

「今回は違うね。ここの料理だってスマホで撮っていたじゃないか。そんな写真が雑誌に使えるわけはない」

遊佐は真冬の行動を見ていたのだ。

「そうですね」

乾いた声で真冬は答えた。

「まさか、波の花も調べずに能登半島の旅行記事を書くつもりじゃないだろ。それだけじゃない。あんたが写真を撮ってた場所は、事件の現場の周囲だけだ。旅行ガイドだったら、もっと広範囲にレンズを向けるべきじゃないか。あんたの関心は二月の事件にしかない」

断定的に遊佐は言った。

この男はもしや……。真冬は直感的に思った。

「実話系の雑誌の仕事で、あの事件をちょっと調べていまして」

こちらも《実話セブン》という雑誌で名前は登録してもらっているが、能登に来ていることは編集部ももちろん把握はしていない。

まさか警察庁の調査先を民間企業に漏らすわけにはいかない。

「ほう、雑誌名は？」

「はい……《実話セブン》という雑誌です」

名前だけは答えられる。

「その雑誌社に確認してもいいかね」

意地の悪い目つきで遊佐は訊いた。

「かまいませんけど、今回の取材についてはなにも答えないと思いますよ。発表するまでは社外秘ですから」

少し強い口調で真冬は答えた。

「ふぅん……そうか。ちょっと話を訊かせてくれないか」

遊佐はまわりから見えないようにこっそり警察手帳を取り出した。

座卓の陰でパッと開いてポケットにしまった。

遊佐秀夫《ひでお》という名前だけが読み取れた。

やはり、私服警察官だった。階級は読み取る隙がなかった。

ふだんならここで国家公安委員会規則第四号の警察手帳規則を持ち出して再提示を求めるところである。

だが、ここは食堂のなかだ。騒ぎ立てるのは、真冬にとっても遊佐にとっても芳《かんば》しいことではない。それ以上に、客や店主、おばさんなどの従業員に迷惑を掛けてしまう。

「なんのお話をですか」

おだやかな声で真冬は尋ねた。

「二月の事件を嗅《か》ぎ回っているあんたの目的を訊きたいんだよ」

抑えた声で遊佐は言った。

「だから取材と言ってます」

遊佐を説得できるわけはないと知りつつ真冬は答えた。

「俺の目は節穴じゃない。あんたには別の目的があるはずだ。一緒に輪島中央署までドライブしよう」

平らかな口調で、遊佐は任意同行を匂わせた。

鴨ヶ浦の態度でわかったが、遊佐には親切であたたかい人柄を感じる。少し話を聞いて、事件に対してどのような立場の捜査員なのかを確かめたい。

「わかりました。ご一緒しますよ。でも、とりあえずはクルマのなかでお話ししましょう」

にっこりと笑って真冬は同意を示した。

あまりに平然とした態度に、遊佐は驚いて身を引いた。

「そ、そうか……。ちょっと待っててくれ。会計を済ませてくる」

あわてたように遊佐は立ち上がった。

「まだ、お料理残ってますよ」

笑い混じりに真冬は座卓の料理を指さした。

「いやぁ、思ってたよりボリュームが多くてね。この歳になると、あんまり食えないんだよ」

頭を掻《か》いて答え、遊佐は会計を済ませている。

真冬は靴を履いて小上がりから床に下りた。

「さぁ、行こうか」

遊佐の言葉に従って、真冬は店の出口へと向かった。

「あんやとねー」

明るいおばさんの声が背後から聞こえた。

第二章　老刑事

1

「乗ってくれ」

遊佐はライトバンのロックを解除して言った。

真冬は助手席からクルマに乗り込んだ。

車内にはタバコの臭いが漂っていた。

遊佐はエンジンを始動すると、浜通りへと出た。

「捜査車両なんですか？」

なにげなく真冬は訊いた。

「いや……捜査車両は足りないから、これは自前だよ」

つまり自家用車を捜査車両に転用しているのだ。時おり聞く話だ。

「できれば、輪島中央署ではなく、クルマのなかでお話ししたいんですけど」

さっきと同じことを真冬は口にした。

「まぁ、しばらくこのあたりを流すよ」

遊佐はステアリングを握りながら平板な口調で答えた。

「ありがとうございます」

真冬は明るい声で礼を言った。

「あんたは事件について詳しいことを知ってるのか」

「ええ、まぁ……多少は」

真冬はあいまいに答えた。

「で、あんたの目的は？」

「事件の真相を探ることです」

「なんのために？　記事にするためとは思えないぞ」

きつい声で遊佐は訊いた。

「あとできちんとお話しします」

遊佐が信頼できる人物であれば、真冬はすべてを話すつもりだった。

現地では協力者を得ることがどうしても必要だ。

遊佐にその資格があるかを見極めなければならない。

クルマはいつの間にか国道二四九号を曽々木海岸方向に走っていた。

車窓には荒れた外浦の海景が流れてゆく。

ステアリングを握る横顔を見ると、遊佐は口を引き結んで気難しい顔つきを見せている。

「遊佐さんは、平田友梨亜さん殺害事件の捜査本部にいらっしゃるんですか」

単刀直入に真冬は訊いた。

「おいおい質問するのはこっちだよ」

あきれたように遊佐は答えて言葉を継いだ。

「隠す必要もあるまい。ご推察の通り、俺はその事件の捜査本部に所属している。だから、金沢からしばらくは輪島に来てるんだ」

遊佐は静かな声で答えた。

「では、今日は捜査で鴨ヶ浦に行ったんですね」

畳みかけるように真冬は訊いた。

「まぁ、そう言やそうだが」

含みのある答えだった。

「どうしておひとりなんですか？」

捜査は二人組で外をまわることが多い。

「いや……俺は予備班なんだ」

捜査本部の予備班は、係長クラスの警部補などが配置されるポジションだ。ベテラン刑事が就くことが多い。

「自分の判断で動けるお立場なんですね」

「本当は捜査幹部のサポート役なんだが」

遊佐は言葉を濁した。

「もしかすると、いまの捜査本部には仕事がないのではありませんか」

真冬はかるくカマを掛けてみた。

「失礼なことを言うな。いまだって三〇名の刑事が動いてるんだ」

遊佐は気色《けしき》ばんだ。

「お気に障ったのなら謝ります。でも、事件発生から一〇ヶ月を過ぎて、捜査は膠《こう》着《ちゃく》状態にあるのではないですか。そうなると士気が落ちますよね」

遊佐が怒ってもかまわないと思って真冬は言った。

「ああ、士気は下がりっぱなしだよ」

だが、遊佐は力なく答えただけだった。

「遊佐さんは、そんな状態の捜査本部をいいとは思っていないんですよね」

真冬の言葉に、遊佐はしばらく黙っていた。

国道は海から少し離れて、観光客向けの宿泊施設や輪島名産である輪島塗の漆芸店などを通り過ぎてゆく。

人家が少なくなると、ふたたび海が現れた。

左のサイドウィンドウに見える鈍色《にびいろ》の海は沖合まで白い波頭が見えている。

奥能登の観光名所である「白米千枚田《しろよねせんまいだ》」の看板が出てきた。

「少しゆっくり話そうか」

遊佐は千枚田の道の駅駐車場にクルマを乗り入れた。

観光名所だが、駐車場には二、三台しか停まっていなかった。

海に向かってクルマを停めてくれたおかげで、水平線がよく見えた。

雲がふたたび陽ざしを閉ざし、フロントウィンドウには、不機嫌なままの海が映っている。

しばらく遊佐は荒れた海を見つめていた。

「朝倉さん、あんた警察官なのか」

遊佐は真冬の顔を見つめて訊いた。

この質問は当然だった。こうした遊佐の質問を、真冬は引き出したかったのかもしれない。

「なぜそう思うんですか？」

だが、真冬はワンクッションを置くことにした。

「ライターにしちゃ警察のことに詳しすぎる。そうなんだろ？」

遊佐は詰め寄るように訊いた。

「ひとつだけ確認していいですか」

ここからが肝心だ。真冬は遊佐の表情をしっかりと見つめた。

「なんだよ？」

けげんな顔で遊佐は訊いた。

「遊佐さんは、いまの捜査本部をどう思っていますか？」

慎重な言葉を選んで真冬は訊いた。

「どうしてそんなことを訊くんだ？」

わずかに遊佐は視線をそらした。

「平田友梨亜さん殺害事件の捜査本部はじゅうぶんに機能していないという情報をわたしは得ています」

真冬はじっと遊佐の表情を観察した。

遊佐の唇がわずかに震えた。

「どこからそんな情報を得たんだ」

言外に遊佐は真冬の問いを肯定した。

「お話ししますから、遊佐さんの気持ちを答えてください」

問いには答えず、真冬は真っ直ぐに訊いた。

「答えるまでもないじゃないか」

遊佐は眉を吊り上げて歯を剝きだした。

激しい怒りが遊佐を襲っている。

だが、その怒りは真冬に向けられたものではない。

「答えてください」

真冬は冷静な口調で答えを求めた。

「こんな状態でいいと思っているはずがないだろう。ひとりの若く将来もある娘さんが殺されたんだぞ。全力を尽くして犯人を挙げるのが刑事の仕事だ。草の根を分けても犯人を捜し出すのが我々の責務じゃないか。そうでない者は刑事じゃない。警察官の本分を果たせないようなヤツは、さっさと辞めちまえばいいんだ」

最初は激しく、最後は吐き捨てるように遊佐は言った。

この怒りは本物だ、と真冬は確信した。

遊佐の表情は少しも作為的なものとは思えなかった。

「俺はね、鴨ヶ浦のあの入江に、苦しそうな顔で仰向けに浮いていた平田さんの死に姿が忘れられないんだ。冷たい水のなかで波の花に全身を覆われた姿はあまりにも哀れだった……」

わずかの間、遊佐は瞑目《めいもく》した。

その姿に平田友梨亜に向けた鎮魂の心を真冬は感じた。

「あっ……」

真冬は耳奥に痛みを感じて小さく声を上げた。

遊佐は真実、悲しんでいることがはっきりと確認できた。

ベテラン刑事は死体にも感情移入などしなくなるのがふつうだそうだ。そうでないと仕事が続けられないらしい。遊佐という男はみずみずしい感情を持ち続けているのだ。

真冬は人間らしい気持ちを失わない老刑事にひたすらな好感を抱いた。

「これが友梨亜さんの生前の姿だ」

遊佐はポケットから一枚の写真を取り出した。

明智審議官から真冬がもらっているものは証明写真のような表情のないものだった。

だが、この写真はごくナチュラルなスナップだった。レストランのテラス席らしき場所で白いカットソー姿で元気いっぱいに笑っている。

面長で両目が大きく清楚で品のいい女性だった。

「かわいい女性ですね」

真冬の言葉に、遊佐の顔に影が走った。

「ああ美人さんだ。この写真の幸せそうな笑顔を見てくれよ。俺たち警察官ってのはこんな笑顔を守るために存在してるんじゃないのか」

遊佐は力を込めて言い切った。

「おっしゃる通りだと思います」

それこそ真冬が警察官になった理由だ。

「彼女をあんなかわいそうな姿にした人間を俺は許せない。そんな鬼畜の首根っこに縄をつけてやる。それがこの事件に関わった刑事の責務じゃないか」

ふたたび遊佐は怒りをあらわにした。

真冬はすべてを遊佐に話す覚悟を決めた。

「わたしは刑事ではありません。ですが、現在の捜査本部の状況は日本の警察の信頼を揺るがすものではないかと憂慮しています」

真冬はつよい口調で言った。

「あんた、いったい何者だ？」

真冬を見据えて遊佐は訊いた。

「わたしは警察庁の職員です」

真冬は警察手帳を取り出して、しっかりと提示した。

一瞬、遊佐の顔に緊張が走った。

「警視なのか。キャリアなんだな?」

かすれた声で遊佐は訊いた。

「そうです。わたしは長官官房の地方特別調査官という役職にあります」

真冬は淡々と名乗った。

「警察庁《サッチョウ》のお役人か」

どこか侮《あなど》るような遊佐の口調だった。

ベテラン刑事のなかには捜査感覚を持っていない警察官を下に見る者も少なくない。

警察庁職員は階級は高くとも現場を知らないことが多い。

真冬にしたところで、網走《あばしり》市、男鹿《おが》市、米沢《よねざわ》市と三つの現場しか経験しておらず、
今回、ようやく四番目の事件で現場に出ることができたに過ぎない。

ほとんどの日々は書類仕事だ。

定年近い雰囲気の遊佐は、おそらく無数の現場を見てきているのだろう。

「たしかにわたしには遊佐さんのような捜査権はありません。ですが、各都道府県警刑事部内の捜査の懈怠《けたい》や不祥事を調査する職責にあります」

真冬の言葉に、遊佐は目を見開いて驚きの表情を浮かべた。

「そういうのは監察官の仕事だろう」

遊佐は不思議そうに言った。

「監察官は最初から監察を行う目的で動き出します。わたしの職責は不祥事の実態を調査し、監察に及ばずとも済むような軽微なものについては警告に留めて事案は非公開で処理することになっています。特別調査官は都道府県警刑事部内の自浄作用を促すことを目的として設置されています。重大な不祥事と判断した場合には監察官に事案を廻附《かいふ》します。事案も公開されます」

真冬の答えに、遊佐はちいさく首を振った。

「そんな部署があったとはなぁ」

「今年の春からスタートしたので、まだ試験的な段階なんです」

「その特別調査官は何人くらいいるんだね」

「調査官はわたしひとりです。わたしのサポートをしてくれる職員はいますが」

この言葉に遊佐はふたたび目を見開いた。

「朝倉さんひとりなのか……」

遊佐は言った。

「わたしが成果を上げることができれば、本格的に導入されることになるはずです」

「そうか……大変だなぁ。失敗は許されないんだからな」

気の毒そうに遊佐は言った。

「おっしゃるとおりです」

真冬は気負わずに答えた。

「おっと、あんまりプレッシャーを掛けちゃいけないな」

照れたように遊佐は頭を掻いた。

「いいんです。事実ですから」

「やっぱりキャリアは違うな。俺だったら、そんなプレッシャーには押しつぶされちゃうな」

嘆くような声で遊佐は言った。

「そんなことないと思いますよ。ただ、わたしは楽天家なんですよ」

真冬は微笑んで答えた。

霞が関から放り出されたときには、ずいぶん悩んだ。

だが、調査官の仕事をこなす間に腹は決まってきた。

いまはとにかく虚心に職務をこなすのみだ。

「で、朝倉さんをそんなひどいポストに就けた親分は誰なんだ？」

笑いながら遊佐は訊いた。

「刑事局担当の長官官房審議官でいらっしゃる明智光興警視監です。事実上の刑事局次長相当職なんですよ」

感情を表さない冷たい秀才面を思い出しながら真冬は言った。

「なに……」

遊佐の顔から笑顔が消えた。あきらかに大きな驚きが遊佐を襲っている。

「どうかなさったんですか？」

なにをそんなに驚いているのだろう。

「い、いや……あんまり上の人なもんでね。うちの本部長よりエラいってことだからな」

　そういうことか。この手の驚きを真冬は何度も経験している。

「石川県警本部長はキャリアの警視長でいらっしゃいましたね。明智審議官のほうが先輩ですね」

「とにかく俺なんかにゃ、想像もつかない雲の上の人だよ」

　まじめな顔で遊佐は言った。

「遊佐さんはどんなお立場なんですか？　あのお店で警察手帳を見せてもらいましたが、中身を確認する前にしまっちゃったんでわかりませんでした。一般市民の方にはもっとちゃんと提示してくださいね」

　真冬はやんわりとたしなめた。

「いやぁ、警視どのに叱られちまった」

　遊佐は照れ笑いを浮かべて、言葉を継いだ。

「俺は定年まであと一年だが、県警捜査一課の係長級の主任だよ。階級は警部補だ。朝倉さんだって、簡単には口がきけないような立場さ」

　さらりとした口調で遊佐は言った。

「なにを言ってるんですか、遊佐さん。わたしはこの世界じゃ、経験半年足らずの初心者です。大先輩、よろしくご教導ください」

　真冬は頭を下げた。

「こちらこそよろしく。お互い礼儀正しいわけだ」

　遊佐は頭を下げたあとで声を立てて笑った。

「今回の事件の真相を明らかにするということではわたしと遊佐さんの目的は同じです。一緒に真実を追いかけて頂けませんでしょうか」

　丁重に真冬は頼んだ。

「望むところだ」

　遊佐は声を張った。

「ありがとうございます！」

　明るい声で真冬は言った。

　真冬は嬉しかった。遊佐が協力してくれれば心強いことこの上ない。

「と言いたいところなんだが、俺は捜査本部に所属している。自由がきかないんだよ」

急に肩をすぼめて、遊佐は力のない声を出した。

「やっぱりそうですか……」

組織の一員である以上、仕方のないことだ。

「だけどね、さっき朝倉さんも言ってたように、捜査本部に常駐している俺ははっきり言ってヒマだ。なんとか抜け出してくるさ。仕切ってる管理官はおおらかな人でね。俺が勝手に捜査するのを大目に見てくれる」

「それはよかったです」

「ただ、うるさいヤツがひとりいてね……」

つぶやくように遊佐は言った。

「誰なんですか」

「まぁ、いいよ」

不愉快そうに遊佐は顔をしかめた。

「お、晴れてきたな」

明るい声で遊佐はフロントウィンドウに視線を移した。

雲間から陽ざしが差し込んでいる。

「ほんとだ」

沖合を眺めながら真冬はうなずいた。

「外に出てみるか。朝倉さんはここの千枚田は見たことあるのか？」

遊佐は真冬の顔を見て微笑んだ。

「ないです。小さい田んぼがいっぱいあるんですよね」

真冬の声は弾んだ。

「百聞は一見にしかずだよ」

笑いながら、遊佐はクルマの外に出た。

真冬も助手席からさっと地面に降り立った。

2

冷たい風は吹いていたが、鴨ヶ浦よりはずっと静かになっていた。

無言で歩き出した遊佐の後を真冬はついてゆく。

駐車場の端には木製のゲートが設けてあって、幅の狭い階段の遊歩道が続いていた。

遊歩道に入るとすぐに、視界には白米千枚田の景色がひろがった。

遊佐は遊歩道の階段をどんどん下りてゆく。

真冬は景色を見るまもなく、あわててあとを追った。

すぐにクルマが数台停められそうなスペースが現れた。

階段しか導入路がないのだから、もちろんクルマが入れる場所ではなかった。

「白米千枚田の展望台でね。俺はここから眺めるのがいちばん好きなんだ」

目を細めながら遊佐は言った。

「すごい！」

真冬もあらためてしっかりと千枚田を見つめた。

かなりの規模があって大変に壮観だ。

あぜ道に囲まれた無数のちいさな田んぼが、海に続く急峻《きゅうしゅん》な崖に沿っていっぱいに作られている。

冬場のことで、刈田で水は張っていない。

真冬はなんとなくペルーのマチュピチュ遺跡を思い出した。

石垣があるわけではないが、人間が簡単に作れるものとは思えない気がした。

案内板には一〇〇四枚で、いちばん小さい田は〇・二平方メートル程度しかないと記されていた。また、国の名勝に指定され、国連食糧農業機関の認定した世界農業遺産とも書いてあった。

「冬場だから、人がいないな。夏場は駐車場もいっぱいだし、この展望台も人であふれているんだ」

遊佐はまわりを見まわして言った。

たしかに展望台には真冬たちのほかに誰もいなかった。

「いちばんいい季節はいつなんですか」

「ふつうは実りの季節がベストって言われてる。稲刈り後の冬の間はイルミネーションが施されるんで、この季節が好きという人も多い。でも俺は夏が好きだな。この田んぼぜんぶに水がたたえられて稲穂が夏の潮風に揺れている。背景には青い海が見える。そんな季節がいちばんだと思ってる」

楽しそうに遊佐は言った。

「わたしも夏場に来てみたいです」

真冬の言葉に遊佐はうなずいた。

「ベンチに座ろうか」

遊佐は展望台の隅にある屋根つきのベンチを指さして歩き始めた。

「あ、はいっ」

真冬は遊佐のあとを小走りに追った。

「それで、朝倉さんは今度の事件のことを詳しく知っているのかな」

ベンチに座るなり、遊佐は訊いてきた。

「いえ、基本的なことしか知りません」

捜査情報は明智審議官からもらっているが、その分量は決して多くはなかった。

「ざっとでいいから教えてくれないか」

隣に座った真冬の言葉に真剣な顔で遊佐は言った。

「今年の二月一五日土曜日の朝七時頃、鴨ヶ浦にドライブに来た写真を趣味とする人があの入江のまん中の橋の左側に浮かんでいる遺体を発見して一一〇番通報しました。機動捜査隊や所轄刑事課が駆けつけて現場の状況から殺人事件の可能性が高いと判断し、検視官が臨場しました。検視の結果、殺人事件と判断されて輪島中央署に捜査本部が開設されました。被害者は金沢市長田本町在住で金沢国際大学総合政策学部三年生の平田友梨亜さん、二一歳でした。司法解剖の結果、死因は海水に沈められたことによる窒息死。また彼女は妊娠三ヶ月でした。死亡推定時刻は遺体発見前夜、二月一四日午後六時から一〇時頃です。地取り捜査の収穫はほぼゼロですね。鴨ヶ浦周辺地域には防犯カメラは一台も設置されていませんし、当夜は荒れ模様だったので目撃者もいません。平田さんの交友関係を中心とした鑑取り捜査もはかばかしい成果は上がっていない……結果として発生から一〇ヶ月近く経っても事件の解決につながるような手がかりすら見つかっていない。警察庁ではそのように把握しています」

明智審議官から伝えられた内容を真冬は一気に話した。

「まぁ、基本はいまの説明通りだ」

浮かない顔で遊佐は言葉を継いだ。

「身体に残っていた挫傷や打撲痕等から、平田さんは背後から襲われて頭部を海水に沈められて窒息したものと思われる。岩かコンクリートなどでできたものか、とくに肩甲骨付近の傷がひどかった。それから、細かいことだが、遺体の近くにはデイパックが残されていた。デイパック内には三万円以上の現金とカード類が入っていた。物盗りのしわざとは思えない」

「犯人の動機はやはり怨恨なんでしょうか」

真冬の問いに、遊佐ははっきりとあごを引いた。

「鴨ヶ浦は若い女性が日が暮れてからひとりで行くような場所じゃないからな」

「あんなに淋しい場所ですから、誰かと一緒にいたと考えるほうが自然です。でも、鑑取りでも成果は上がっていないんですよね」

「いまのところ犯人を特定するような情報は上がっていない……。話を続けてくれ」

冴えない声で言うと、遊佐は続きを促した。

「さらに警察庁では、本事件の捜査が難航している陰に捜査を遅滞させようとしている何者かの意志が働いていると考えています」

真冬の本来の調査目的は、事件解明を通じて石川県警にわだかまる黒い霧を晴らすことにある。

「詳しく教えてくれ」

遊佐は身を乗り出した。

「残念ながら詳しいことはわかっていません」

真冬は正直に答えるしかなかった。

「では、なぜ石川県警内部に不正があるかもしれないと考えているんだ？」

眉間にしわを刻んで遊佐は訊いた。

「実は警察庁刑事局に対して匿名での密書が送られてきたのです。『上層部の意向で証拠の破棄が行われた』という内容のものでした。ワープロソフトで書かれたもので、石川県警本部の公用封筒に入っていました。輪島郵便局の消印があり、警察庁には一一月六日に届きました。この密書に基づき、事件概要と現時点での捜査状況を調べたところ、調査の必要ありと判断されました」

「なるほど、それで朝倉さんの出馬となったわけだね」

遊佐は納得したようにうなずいた。

「はい、そうです。この密書には具体的なことは書いてありませんでした。破棄された証拠とはなんなのか、証拠はいつ誰によって破棄されたのかなどには触れられていませんでした。ただ、警察内部での証拠の取り扱い方法などいくつかの点で警察官が書いたものと考えられました。そこで、わたしが直接現地に赴《おもむ》くことになったのです」

「誰が送った密書なのかなぁ」

遊佐はあごに手をやった。

「残念ながら特定できていません。科警研で密書を印刷したプリンターを調べてもらったのですが、石川県警では多くの警察署で使用しているレーザープリンターでした。密書を送ってくれた方にお話を聞ければ、さまざまなことがわかるのですが……」

真冬の言葉をさえぎるように遊佐が言った。

「俺はね、その密書の内容は事実だと思うよ」

遊佐の目は真剣そのものだった。

「同じようなことを経験しましたか」

期待をしながら真冬は訊いたが、遊佐は首を横に振った。

「いや、不正の具体的なことは知らない……」

しばし遊佐は口をつぐんだ。

「ここから話すことは完全に俺の個人的な感覚だ。偏見と言ってもいい。朝倉さん、あくまでここだけの話としてくれないか？」

気難しげな顔で遊佐は言った。

「もちろんです。誰にも話すわけはありません」

真冬ははっきりとした口調で請け合った。

遊佐は静かにあごを引いた。

「捜査員たちが有力と思われる情報を持ち帰っても、捜査幹部やその次の連中の反応が著《いちじる》しく鈍いんだ。俺の感覚では見当違いと思われる捜査指揮をすることが多い」

顔をしかめて遊佐は言った。

「問題の捜査幹部たちはどんな役職の方ですか」

真冬は遊佐の顔を見つめて訊いた。

「捜査一課長と管理官は比較的まともなんだけどね……」

遊佐は言いよどんだ。

「誰がまともじゃないんですか」

少し強い口調で真冬は訊いた。

「捜査本部長の戸次《へつぎ》親治《ちかはる》刑事部長、副本部長の児玉《こだま》栄二《えいじ》輪島中央署長、同じ中央署の三吉《みよし》高典《たかのり》刑事課長……この三人はどうもピントがずれたことを言うんだ」

「それじゃあ捜査本部はまともに機能しないじゃないですか」

あきれ声で真冬は言った。

「刑事部長や捜査一課長はあまり顔を出さないんだけどね。とくに一期を過ぎたくらいからはあまり顔を出せなくなった。刑事部長や一課長はおそろしく忙しいからあたりまえなんだけどね」

捜査本部は初動捜査も含めて三週間から一ヶ月が一期となっている。一期を過ぎると捜査員は四分の三に減らされ、たいてい事件は長期化する。長期化するとさらに人員が減らされて当初の半分くらいの人数となってしまう。

いまの捜査本部は開設当初の半分くらいの人数となっているはずだ。たしか、さっき遊佐は三〇人と言っていた。

二〇一五年に発表された警察庁の方針で、殺人などの凶悪事件の捜査本部での集中捜査は事件発生後一年間とされている。

「だが、戸次刑事部長は捜査本部開設の頃にはけっこう顔を出してね。ピンボケの捜査指揮をとっていた。あの人は叩き上げだし、優秀な刑事のはずなんだがな。まぁ、直接に現場に出なくなって長いからな。管理職ボケかな」

遊佐はのどの奥で笑った。

「でも、トップがそれじゃあ困りますね」

真冬はあきれ声を出した。

刑事部長は警視庁や神奈川県警、大阪府警、京都府警、北海道警など大規模警察本部ではキャリアが就く役職だ。が、ノンキャリアで出世頭の警視正が務めている県警も少なくない。

「その通りだよ。それからまぁ、児玉署長は警務畑出身で捜査経験がないからピンボケなのかもしれない」

「たしかに捜査経験を持たない警察署長は珍しくないですからね」

「むしろ捜査経験を持っている署長のほうが少ないよ」

遊佐は口のなかで笑った。

真冬は詳しくは知らないが、警務・総務畑の警察官は出世しやすいと聞いている。刑事は捜査本部が開設されると昼夜を問わず事件と向き合わねばならず、昇進試験を受けるヒマもない者が多い。それゆえ、ノンキャリアで警視や警視正まで昇進する者は少なく、署長の地位にはなかなかたどり着けないらしい。

「それからね、三吉課長は刑事出身だが、要領のよさで出世したような男だからな。あいつは最低でも警視にはなるだろう」

遊佐は唇を突き出した。

「ピンボケの捜査指揮ってたとえば、どういうことですか」

これは重要な話かもしれない。

「一件の目撃証言を完全に無視して、そっちの捜査をやめさせたことだ」

顔をしかめて遊佐は言った。

「目撃証言ですか？」

真冬は念を押した。

「そうだ。だが目撃者の勘違いですませてしまった」

悔しげに遊佐は口を尖《とが》らせた。

「詳しく話してください」

真冬は身を乗り出した。

そのとき、スマホが振動した。真冬の電話ではない。

遊佐はポケットからスマホを取り出して画面を見て舌打ちした。

「はい、遊佐です」

冴えない顔で遊佐は電話に出た。

相手の激しい声が漏れてくる。どうやら激怒しているようだ。

「わかりました。直《ただ》ちに戻ります」

遊佐は電話を切ると、もう一度大きく舌打ちした。

「どうしたんです？」

真冬は心配になって訊いた。

「いつものことだ。『どこで油売ってんだ』って怒鳴られただけさ」

涼しい顔で遊佐は言った。

「上司の方ですか」

「いや、さっき言ってた三吉課長だよ。俺は捜査一課の所属だから、輪島中央署の刑事課長は上司じゃない。だけどね、三吉は二度も俺の上司だったことがあるんだよ。で、いまでも上司面をしているんだ。どうせ俺の上司である管理官のウケを狙ってるんだよ」

不愉快そうに遊佐は唇を歪《ゆが》めた。

「要領のよさで出世したような人でしたよね」

「いけ好《す》かない野郎だよ」

遊佐は吐き捨てるように言った。

「すぐに帰らなきゃなりませんね」

真冬は心配になった。遊佐を引き留めているのはほかならぬ真冬だった。

「ああ、これからちょくちょく朝倉さんにつきあうつもりだから、今日のところはおとなしく戻るよ。どこまで送ればいいかな？」

やわらかい声で遊佐は訊いた。

捜査本部に叱られつつも協力してくれる遊佐に、真冬は心のなかで手を合わせた。

「《まるや》の前の公共駐車場に、レンタカーを駐車してあるんです」

あの駐車場はゲートもなかったので、まったく問題はないはずだ。

「あの店から引っ張ったんだったな。申し訳ない、警視どの」

遊佐は照れ笑いを浮かべた。

「いえ、おかげで遊佐さんという強い味方ができました」

これは真冬の本音だった。

「こんな年寄りをあんまり当てにするなよ」

自嘲的に遊佐は笑った。

「なに言ってんですか、そんな年寄りぶってもダメですよ。わたしを連行したときなんて気合いバリバリだったじゃないですか。わたし怖かったんですから」

真冬は冗談めかしてかるく睨んだ。

「あはは、ところで朝倉さん、夕飯食うところ決まってるか？」

思いも寄らぬことを遊佐は訊いてきた。

「夕飯ご一緒できるんですか」

真冬は期待を声に滲《にじ》ませた。

「いやなに、夜は抜け出せるんで、さっきの話の続きをしようと思ってね」

それこそ望むところだ。

「わたし《まるや》のすぐ近くのビジネスホテルに宿をとっているんです。ルームチャージだけなんです。ぜひ！」

声を弾ませて真冬は言った。

考えたら宿泊予定のホテルは、あの公共駐車場のすぐ近くだった。

「おお、あのホテルか。わかった。携帯の番号はさっきの名刺に書いてあったな。六時半頃電話するよ。ホテルの近くにいてくれ」

楽しそうに遊佐は言った。

「了解です！」

元気よく真冬は答えた。

「じゃあ、叱られに帰るか」

遊佐は立ち上がると、階段を目指して歩き始めた。

帰る前に真冬はもう一度、千枚田を眺めた。

青い海もなく、実った稲穂もない地味な季節に違いあるまい。

だが、いまの落ち着いたたたずまいが真冬の心にはふさわしい気がした。

北西の風はだいぶ収まったが、かすかな陽光に沖合の波が輝いていた。

3

ホテルにチェックインした真冬は、明智審議官に鴨ヶ浦で遊佐と出会ったことを報告することにした。

いつもと違って前乗りで金沢に入っていたので、能登に着いたことも知らせていなかった。

「朝倉、無事に現地入りしたか」

五回のコールで明智の感情がこもっていない声が耳もとで響いた。

「お疲れさまです。朝一番で金沢市郊外の実家を出て、お昼前に輪島市役所に着きました。亡き父に鎮魂の祈りを捧げることができました。実は初めてのことでした。能登の調査に出して頂いたおかげです。感謝申しあげます」

あえてプライベートな行動に触れた。ひと言だけ礼を述べたかったのだ。

明智審議官のことだから、きっと「事件の話をしろ」と言ってくるだろう。

「そうだったな……。輪島市役所は父君が惨禍に遭った場所だったな」

案に相違して、明智審議官はしんみりとした声を出した。

「申し訳ありません。数十分だけ私用に時間を使わせて頂きました」

スマホを手に真冬は頭を下げた。

「もっとゆっくりすればよかったのではないか」

これもまた、明智審議官の言葉とは思えなかった。

「ありがとうございます。じゅうぶんな時間を頂けました。そのあと、輪島市内の鴨ヶ浦の遺体発見現場に行きました。残念ながら大きな発見はありませんでしたが、鴨ヶ浦で偶然にも調査に協力してもらえる捜査員と出会うことができました」

真冬の声は弾んだ。

必ずしも偶然というわけではない。遊佐は遺体発見現場を見に来ていたのだ。

「そうか、どんな人物なんだ？」

「石川県警刑事部捜査一課の係長級の主任で、遊佐秀夫という捜査員です」

「いまなんと言った？」

明智審議官の声が少しうわずったように聞こえた。

いつも感情のこもっていない明智のこんな声を聞いたのは初めてだ。

「協力してもらえそうなのは捜査一課の遊佐秀夫さんというベテランの警部補です」

「そうか……」

少しかすれた声で明智審議官は答えた。

「ご存じなんですか？」

真冬は不思議に思って尋ねた。

「いや……その男は信用できそうなんだな？」

念を押すように明智は訊いた。

「はい、遊佐さんは、捜査幹部らの反応がきわめて鈍いと主張しています。彼らが見当違いの捜査指揮をすると憤っていました」

「なるほど……捜査幹部らの具体的な名前は出ていなかったか」

「捜査本部長の戸次親治刑事部長、副本部長の児玉栄二輪島中央署長、同じ中央署の三吉高典刑事課長の名前を挙げていました」

「戸次か……」

明智審議官はわずかにうなった。

「ご存じなんでしょうか？」

真冬はまたも不思議な気がして訊いた。

「まぁ、各都道府県警の刑事部長の名前くらいは知っている。その男は地方《じかた》だ」

淡々と明智審議官は言った。

地方とはノンキャリアの警察官を指す言葉だ。

「なるほど、五〇人もいませんからね」

真冬は納得した。警察庁では全国の刑事部長が集まる会議もあるのだ。

「捜査一課長もだいたい把握している」

「審議官は、戸次刑事部長がどんな人物かご存じですか」

明智審議官は一瞬黙った。

「いや、とくに話すべきことはない」

いつものように感情のない声が返ってきた。

なんとなく真冬は安心した。

「遊佐さんにこのまま調査協力をして頂いていいですね?」

真冬は念を押した。

「ああ、遊佐警部補とできるだけ多くの情報を収集してくれ」

平板な調子で明智審議官は命じた。

「了解しました」

「一日一回は、連絡を入れるように」

「わかりました」

明智審議官は電話を切った。

いつにない明智審議官の態度に真冬はわずかに引っかかるものを感じた。

だが、現在の方向で進んでよいという下命は明確だ。気にすることはあるまい。

遊佐が指定したのは、ホテルからほど近い《うしお亭》という名の郷土料理店だった。

黒い屋根瓦と白壁のきれいな民芸調の二階建ては清潔感があって、真冬は好感を持った。

気を遣って遊佐は二階の個室を予約してくれていた。

八畳ほどの和室だが、漆喰《しっくい》の塗り壁に焦げ茶色の梁《はり》や柱が落ち着いた雰囲気を醸《かも》している。

「大丈夫なんですか……こんな時間に」

気がかりになって真冬は訊いた。

「ああ、どうせ仕事なんてないんだ。捜査幹部も署長がときどき顔を出すくらいだ。管理官からの指示もほとんどない。重要な情報が入ったら臨機応変に動いて連絡要員などを動かさなきゃならないんだが、聞き込みに出てた連中もなんの収穫も得られない日が続いている。今日も上がりは六時だったし、捜査会議も五分で終了だ」

気楽な調子で遊佐は答えた。

目の前には表面がざらっとした感じの漆塗りの座卓が設えられている。

「ずいぶん立派な座卓ですね。輪島塗ですか」

真冬は驚きの声を上げた。おそらく五〇万円は下るまい。

「そう、輪島塗だ。この部屋だけだよ。こんないい座卓を使っているのは」

嬉しそうに遊佐は微笑んだ。

「すみません、こんな素敵なお部屋をとって頂いて」

感謝の気持ちを込めて真冬はていねいに頭を下げた。

遊佐は黙って静かに笑った。

「この座卓はねぇ、石目乾漆《いしめかんしつ》という輪島塗りの技法だ。塗り面に乾漆粉を蒔《ま》くとね、表面張力でところどころに粉が集まる。さらに塗り重ねて研《と》ぎ出すんだ。傷が目立ちにくいからこうして座卓なんかに使うんだ」

遊佐は座卓の説明をはじめた。

「やっぱりお詳しいですね」

「輪島にはむかし住んでたからね、輪島塗はなんといっても石川県を代表する塗り物だし、全国でも秀《ひい》でた漆芸品として知られている。俺は自分の家でも輪島塗のお椀を使って味噌汁を飲んでるよ」

「加賀の九谷焼と能登の輪島塗は、我が石川県を代表する工芸品ですからね」

祖母の作品を思い浮かべながら真冬はいった。

「そう、誇るべき特産品だ。輪島市の小中学校ではね、児童や生徒に郷土がほこる工芸品の素晴らしさを伝えるために四半世紀も前から給食で使う食器に輪島塗の木椀を使っている。作っている職人たちはなるべく価格を抑えて提供しているそうだが、それでもひとつ一万円以上はするらしい。また、使っていて傷むから塗り直しの修繕もしているそうだ」

「素晴らしいお話ですね」

九谷焼でも試みてほしいものだが、陶芸品の性質上、割れたり欠けたりするので真似はできないだろう。

「ちょうど俺が住んでた頃に始まった事業だが、とてもよいことだと思う」

しんみりとした口調で遊佐は言った。

「お待たせしました」

藍色の着物ユニフォームを着た若い女性が、小鉢と陶芸品の徳利とぐい飲みを運んできた。

「おお、来た来た。朝倉さん、飲めるんだろう？」

満面の笑みで遊佐は訊いた。

「ええ、まぁ多少は」

真冬はあいまいに答えた。

相当に酒は好きだが、自慢することではない。

ウワバミ女などと呼ばれたくはない。

「よかった。今日は酒も肴《さかな》も勝手に頼んでしまった。口に合わないものがあったら言ってくれ」

「ありがとうございます。わたし好き嫌いないんです……あっ、これって珠洲《すず》焼ですか？」

真冬は座卓に置かれたぐい飲みを見てかるく叫んだ。

青灰色で全体にたくさんの長石《ちょうせき》が白く浮き出ている。

ろくろ目をはっきり残したざっくりとした造りで、色味は異なるが信楽《しがらき》焼と似たあたたかい雰囲気を持っている。

精緻な美を競う九谷焼とは正反対の、こうした侘《わ》びた焼き物もまた真冬の好みだった。

「よく知っているね。そう、お隣の珠洲市の名産だ。平安後期に始まった歴史の古い焼き物だが、越前《えちぜん》焼や備前《びぜん》焼に負けて衰退しいったんは消滅したんだ。だが、七〇年ほど前に珠洲市内で四〇基の窯跡が発見されたことから復興の動きが盛んになり一九七〇年代からいまの珠洲焼が続いているんだ」

遊佐は能登の文化に本当に詳しい。

「穴窯で蒸し焼きにするからこんな風に還元炎特有の青灰色が出せるんですよね」

「朝倉さんは焼き物好きなのか？」

驚きの顔で遊佐は言った。

「ええ、なにせ九谷の産地、石川県の出身ですからね」

真冬は胸を張った。

「俺も九谷はあらゆる焼き物のなかでいちばん好きなんだ……ところでね」

遊佐はぐい飲みと揃いの珠洲焼の徳利を手にとった。

「こいつは能登の酒だ。輪島市のまん中にある中島酒造店の《能登の生一本 純米伝兵衛》って酒だ。能登の水にこだわって地元産の五百万石という酒米を醸してる」

頬をほころばせて遊佐は真冬が差し出したぐい飲みに酒を注いだ。

「すっきりとしてて美味しいです」

クセがない辛口なのに旨みが濃い。締まりのある後味が心地よい。

「気に入ってよかったよ。七尾港は室町時代から日本海航路の船の重要な立ち寄り港だった。江戸時代には北前船がたくさんの物資を運んできた。蝦夷地《えぞち》や秋田、酒田、新潟などから北方の物資も入ってきたし、敦賀《つるが》や小浜《おばま》の港を通じて京大阪とも深くつながっていた。だから、工芸品や酒などさまざまな文化が発展したんだな。まぁ、肴にも手をつけてくれ」

真冬は手元の小鉢を見ながら言った。

「これって打ち豆ですよね」

石臼《いしうす》の上で大豆を木槌《きづち》でつぶして乾燥させたもので、早く火が通りダシなどの味が染み込みやすい。石川県や福井県では冬季の保存食として古くから食されてきた。

だが、野菜と煮付けたようなこの料理の名は知らない。

「そう、打ち豆だ。この料理は能登名物の《あいまぜ》だ」

真冬は《あいまぜ》に箸をつけた。

打ち豆とニンジン、ゴボウ、大根おろしが砂糖醬油で煮つけてある。やさしくやわらかな味がたまらない。

さらにカブラ寿司というなれ寿司やイワシの卯の花寿司、タラの子つけなどといった料理が次々に運ばれてきた。どれも素朴だが、とても美味しく酒にも合う。

金沢の料理と似ているところもあるがやはり違う。

能登牛のミニステーキもやわらかく、香りよく、脂身まで美味しかった。

若い女性スタッフがポータブルコンロと土鍋を運んできた。

「二分くらいで火を落としてください」

女性はかるくお辞儀して去った。

「さぁ、メインディッシュの登場だ」

遊佐が陽気な声で言った。

「なんのお鍋なんですか？」

期待に胸をふくらませて真冬は訊いた。

土鍋の蓋の穴から白い湯気が上がっている。

「《いしる鍋》だよ」

「いしるって？」

「取れたてのイワシやサバ、アジなどを内臓ごと塩漬けにして一年から二年間ほど寝かせて発酵熟成した調味料、つまりは魚醬だ」

「ああ、秋田の《しょっつる》みたいなものですね」

男鹿の事件のときには《しょっつる》を食べ損なっていたので楽しみだ。

真冬はタイの魚醬である《ナンプラー》を使った料理も好きだ。

「そう、能登の《いしる》と秋田の《しょっつる》、それから香川の《いかなご醬油》を日本三大魚醬と呼んでいる。能登にはスルメイカの内臓だけを使った《いしり》という魚醬も存在するんだ」

遊佐が蓋を開けると、湯気とともに美味しそうな香りが漂った。

覗き込むと、ハクサイやシイタケ、ニンジン、ネギ、豆腐とともに白っぽい魚の切り身が並べられている。

「わぁ、この魚って？」

「朝倉さんが《まるや》で気に入っていた宇出津港産のブリだよ。ブランド規格のブリじゃないが、この店じゃ刺身用を使っているんだ」

誇らしげに遊佐は言った。

「あれ、わたしの食べたものまで見てたんですか？」

驚いて真冬は訊いた。

「おばさんの大声が聞こえたからね……さぁ、まずはご賞味あれ」

笑い混じりに遊佐は勧めた。

さっそく真冬はスマホを取り出して写真に収めた。

真冬は取り分け用の大きなレンゲで自分と遊佐の分を適当によそった。

期待を込めて出し汁を少しだけすすった。

いしるの出し汁にはわずかな臭みがあるが、芳醇なその味はカツオダシとも昆布ダシとも違う、豊かでたっぷりとした魚介の旨みが濃厚だ。

箸でブリの切り身をとって口にもってゆく。

「うーん」

ひとくち食べて真冬は低くうなってしまった。

表面が煮えていて奥がレアに近い。

刺身よりもずっと甘みと旨みが強い。いしるとのコンビネーションが素晴らしい。

加賀にはたくさんのすぐれた料理があるが、繊細なのにどこか豪快なブリのいしる鍋と似たような料理は食べた記憶がなかった。

「素晴らしい……」

真冬は独り言を口にしていた。

ほとんど言葉も出さず、真冬は夢中になって食べ続けた。

気づいてみると、鍋のなかはほとんどからになっていた。

「お気に召したようだな」

遊佐はコンロの火を止めながらにこやかに言った。

「とにかく美味しかったです」

ブリのいしる鍋に我を忘れていたことを恥じながら真冬は答えた。

なんという語彙《ごい》不足だろう。

「そろそろ本題に入ろうか」

遊佐は急にまじめな顔になった。

これからの話はきちんと聞かなければならない。

真冬はぐい飲みで二杯程度しか飲んでいなかった。だが、気づいてみると、遊佐も同じように酒は進んでいなかった。

「よろしくお願いします」

真冬は気を引き締め直して頭を下げた。

「まずは目撃証言のことだ。昼間も言ったように、マルガイを目撃したという人物がいた」

遊佐は一語一語はっきりと発声した。

「いつのことですか」

「事件当日二月一四日の午後五時二〇分頃だ」

「鴨ヶ浦付近での目撃ですよね」

真冬の問いに、遊佐は大きく首を横に振った。

「いや、それが違うんだ。《のとじま臨海公園》という施設のゴーカート乗り場の駐車場だ」

一瞬、真冬は混乱した。現場とはかなり離れているはずだ。

「え……能登島ですか？　そこって和倉温泉の近くですよね？」

真冬は首を傾げた。鴨ヶ浦とは遠く離れているはずだ。

「そうだ、内浦側の七尾市能登島曲町《まがりまち》で、鴨ヶ浦の現場までは五〇キロは離れている。クルマで急いだとしても一時間は掛かる場所だ」

厳しい顔つきで遊佐は言った。

「目撃者はどんな人ですか？」

「臨海公園内にある《のとじま水族館》に遊びに来ていたカップルだ。彼らは水族館が四時半に閉まってから人目のないゴーカート場の駐車場へ移った。そこに停めたクルマのなかでしばらく話をしていたそうだ。それで、五時二〇分頃にマルガイの平田友梨亜さんと思しき女性がひとりで駐車場に歩いて現れたというんだ」

遊佐の言葉を聞きながら、真冬はスマホのマップで目撃地点を表示させた。

能登島北部の七尾湾の海岸線沿いで、《のとじま水族館》を含む《のとじま臨海公園》は《イルカとのふれあいビーチ》などというものもある広大な施設だ。あたりは一キロほど離れた曲町まで人家もまれで淋しい場所だ。

ただ、こんな大型施設は導入路も含めて完全除雪されているので、歩くことは難しくはない。

能登半島の降雪量は、真冬のふるさと金沢市の山沿いとは違って決して多くはない。

「二月中旬ならまだあたりは暮れ落ちていませんね」

真冬の問いに遊佐はかるくうなずいて口を開いた。

「当日の輪島市の日没は五時三〇分で、能登島もほぼ同じだ。おまけに当日も翌日も降雪はなく、午後から晴れるような空模様だった。ちょうど夕焼けがきれいな時間帯だったろう」

「それでも寒かったでしょう」

石川県の二月中旬は厳冬期に近い。

「たまたまだが、最低気温が八度前後、最高気温は一四度くらいもあった。二月としてはあたたかい日だったんだ。平田さんは金沢市出身だ。防寒対策はきちんとしていただろう」

考え深げに遊佐は言った。

同じ金沢市出身の真冬としてはよくわかる話だった。

東京に来て、厳冬期にまわりの人々が「寒い、寒い」と騒いでいる場面によく出会った。

だが、真冬からすれば、そのときどきの寒さに見合わぬ薄着をしている人が少なくないのではないかと思う。真冬はその日の寒さをチェックして防寒対策を整えるので、寒さに苦しんだ記憶はあまりなかった。逆に室内の暖房で暑くなりすぎないように注意しないで失敗したことは少なくない。

もっとも暖房が発達した北海道の人は厳寒期に屋外を歩くことが少ないのでアウターにそれほど気を遣わないとも聞く。東京でよく寒がっている北海道出身者を真冬も知っている。

「誰かがすぐに来るという予定で待ち合わせていたのなら、不自然ではありませんね」

真冬の言葉に遊佐は得たりとばかりにうなずいた。

「まず間違いない。カップルは平田友梨亜が電話を掛けたところも目撃している。平田さんはこの場所に迎えに来る誰かに連絡していたに違いない」

「友梨亜さんは、目撃地点近くまでクルマで来たんですかね」

目撃地点は、交通の便がいい場所とは思えない。

「クルマではなかったようだ。カップルもそのときはクルマもタクシーも見ていないというんだ。実際に七尾市のタクシー会社から平田さんらしき客を乗せたタクシーはなかった」

「でも不便な場所ですよね」

「俺も調べた。公立能登総合病院を始発とする能登島交通のバスがJR七尾線の七尾駅を午後四時二二分に通る。このバスに乗れば、五時一〇分には終点ののとじま臨海公園のバス停に着く。五時一〇分のバスは水族館から逆方向の七尾駅方面に折り返す終バスなんだ。平田さんはこのバスで現地を訪れたものと考えられる。目撃地点はバス停から三〇〇メートルほどの地点なので時間的には合致する」

「バスの運転手さんは友梨亜さんを目撃していないんですか」

当然の疑問だった。

「それがはっきりしないんだ。数人の客が降りたというんだが、平田さんの写真を見せても、乗せたような乗せてないようなというあいまいな返事でね。遺体は地味な黒いダウンジャケットを着た状態で見つかっているし、もしかしたらバスのなかではフードか帽子をかぶっていたのかもしれない」

遊佐は弱り顔になった。

こういう事態は珍しくなかろう。人間は他人にそんなに興味を持って生きていると は限らない。目撃証言が得られないことは珍しくはない。

「そのカップルが平田さんを目撃したことが、どうしてわかったんですか?」

これはちょっと不思議だった。

「殺害された平田友梨亜さんの写真をニュースで見て、目撃者が警察に連絡してくれたんだよ。話を聞いたのは俺自身なんだ。彼らは平田さんは淋しそうに歩いてきたので気になった。でも、なんとなく誰かと待ち合わせをしている雰囲気だったので、そのまま駐車場を離れて金沢市に帰ったと言っていた」

「金沢市の方なんですか」

「男性は向井《むかい》さんといって白山市在住の石川県職員、女性は金沢市に住む三原《みはら》さんという歯科衛生士で事件とは完全に無関係な人たちだ。バレンタインデーなのでそれぞれ午後の休暇を取って能登島に遊びに来たらしい」

「捜査本部ではその目撃証言を軽視したのですね」

驚いて真冬は訊いた。

「そうなんだ。刑事部長も署長も重視しなかった。現場は輪島市なんだし、ほかに目撃証言がないのだから、勘違いの可能性も高いと言ってな。すぐに能登島方面の捜査を打ち切らせた」

遊佐は悔しげに唇を歪めた。

「勘違いで、わざわざ警察に連絡してくるでしょうか」

真冬には信じられなかった。

「俺もそう言ったさ。そしたら、目撃者は承認欲求が強い人間の可能性もあると言い返されたよ」

「カップルなのに？」

ふたたび真冬は疑いの声を発した。目撃者はカップルでひとりではないのだ。信《しん》憑性《ぴょうせい》はそれだけ高いと言える。

「ああ、いい加減な証言をする目撃者は腐るほどいると言うんだよ。だが、俺は向井さんたちからじかに話を聞いたからわかるが、きまじめな人たちでね。いい加減な証言をするとは思えなかった」

ベテラン捜査員である遊佐の目はたしかだろう。

「向井さんたちの目撃証言がたしかなものであるとしたら、遊佐さんはどんな筋を考えているのですか」

真冬は遊佐の目をじっと見て訊いた。

「単刀直入に言おう。俺は平田さんは能登島のどこかで殺害され、鴨ヶ浦に運ばれて遺棄されたものだと考えている」

重々しい声で遊佐は答えた。

「そうなると、事件の構図はまるで変わってきますね」

真冬の言葉に遊佐は深くうなずいた。

「その通りだ」

遊佐は深くうなずいた。

「能登島での地取り捜査を重視しなくてはならないはずです」

現場付近で不審者の目撃情報や、被害者の争う声など、事件解明の手がかりとなる情報を聞きまわる捜査を地取りという。これに対して被害者などの人間関係を中心とした聞き込み捜査を鑑取りと呼ぶ。

「能登島でたんねんな地取りを続けるべきだったんだ。それも捜査開始後すぐにだ」

遊佐の声には怒りがにじみ出ていた。

「事件から一〇ヶ月も経ってしまうと、人の記憶も薄れていきますからね」

「そうだよ、いまとなっては事実を集めるのは困難な課題となってしまった」

苦しげに遊佐は言った。

捜査本部の誤った指揮に遊佐は深く憤《いきどお》っているのだ。空気を通じて遊佐の怒りが伝わってくるような気がした。

「なんのために、犯人は遺体の運搬や遺棄などというそんな手間の掛かることをしたのでしょうか」

真冬は話題を変えた。

「いま持っている材料からははっきりしない。だが、目的はふたつに絞られると思う。ひとつは死体のやり場に困ってしまって、なるべく遠くの海に捨てたというケース、もうひとつはアリバイ工作だ」

真冬の考えと同じだった。

「どちらの可能性が高いと思いますか」

「いまのところ、何とも言えんな。なにせ捜査を中断してしまったんだ。材料が足りなすぎる」

顔をしかめて遊佐は言った。

「たしかにその通りですね」

愚問だったと真冬は反省した。

しばし沈黙が漂った。

真冬は姿勢をあらためた。

「遊佐さん、これからもわたしの調査にご協力頂けませんでしょうか」

はっきりとした声で遊佐を見つめて真冬は頼んだ。

「もちろんだよ。だからこそこの店に誘ったんだ」

笑みを浮かべて遊佐はうなずいた。

「よろしくお願いします」

しっかり頭を下げて真冬は頼んだ。

「こちらこそだ。一緒に頑張ろう」

あたたかい声で遊佐は言った。

「はいっ」

弾んだ声で真冬は答えた。

「さ、もう少し飲まないか」

遊佐は徳利を手に取った。

真冬は喜んで酒を受けた。

「《のとじま臨海公園》にも行ってみたいですね」

真冬はぽつりと言った。

「朝倉さん、明日はどんな予定になっているのかな?」

ぐい飲みを手に取って、遊佐は口もとに持っていった。

「予定はいっさい入っていません。集めた情報に基《もと》づいてどこへでも行く計画ですので」

いまは遊佐に従《つ》いてゆくしかない。

「明日、能登島に行ってみよう」

遊佐はぐい飲みの中身を飲み干すと、手酌で次の一杯を注いだ。

「はい、ぜひ!」

「よし、決まりだ」

嬉しそうに遊佐は言った。

「でも、捜査本部のほうは大丈夫なんですか？」

真冬は気がかりになって訊いた。

「明日は久しぶりに休みを取る。捜査本部もこれくらい長くなると、休みが取れるんだ」

のんびりした口調で遊佐は答えた。

「よかったです」

「明日は九時にホテルにクルマで迎えに行くよ」

「助かります。ガソリン代は出しますね」

「そんなこと気にしなさんな。何百キロも走るわけじゃない」

遊佐は陽気に笑った。

運転は嫌いだしラッキーだが、レンタカーはそのままホテルの駐車場に停めておこう。

料理の最後には《メギスのだご汁》が出てきた。

これは金沢でも食べる料理だが、スタッフの女性によれば能登町を中心として半島全体で好んで作る家庭料理だそうだ。

　正しくはニギスというキスを小さくしたような白身魚だが、北陸地方などではメギスと呼ぶ。だご汁は団子汁がなまったものだ。

　すり下ろしてつみれ団子にし、ゴボウのささがきと昆布のダシ汁で煮た料理だ。

　そろそろ漁期は終わりだが、メギスの旨みがゴボウとよく合い、身体の底から温まった。

「それじゃあ明日」

「気をつけてお帰りください」

　ふたりは《うしお亭》の店先で別れた。

　遊佐はすべて奢《おご》ってくれると言ったが、真冬は割り勘にしてもらった。

　ホテルまではすぐだし、酒で温まっていたので夜風もつらくはなかった。

4

　部屋に戻ると、《うしお亭》で遊佐から聞いた話を明智審議官に報告すべきか悩んだ。

結局、捜査本部が一件の目撃証言を軽視して能登島での捜査を打ち切らせたことをメールした。

推測に過ぎない別の場所で殺害された可能性を伝えるのは、明日、実際に能登島に行ってからでもかまわないと考えた。

すぐに「遊佐の協力を得て継続して調査するように」という簡潔なメールが返ってきた。

今川に今日の子細を連絡しようと、真冬はスマホを手にして発信ボタンをタップした。

「はい、今川。お疲れさまです、朝倉警視」

明るい今川の声が返ってきた。

「お疲れさま、まだ警察庁《カイシャ》なの？」

答えは半分わかっているが、慰労の気持ちで真冬は訊いた。

「はぁ、残念ながら」

冴えない声で今川は言葉を続けた。

「ところで、朝倉さんふるさとはどうでしたか」

「すごく久しぶりだからなつかしかった。祖母も元気だったし、ひと安心ってとこかな」

真冬は感じたままを答えた。

「そりゃよかった。調査は今朝からですよね」

「お昼に輪島市に着いてね、いま市内のホテルだよ。今日は遺体発見現場に行ってきたんだ。鴨ヶ浦はここからわりあい近くだけど、波の花がすごかったの」

吹雪のように舞っていた波の花を思い出しながら真冬は答えた。

「知ってます。海中の植物性プランクトンの粘液が荒波に攪拌されて石鹸状になって白い泡を作るんですよね。冬場の能登の名物でしょ」

今川は淡々と言った。彼はなにかと雑学に詳しく博識なのだ。

「よく知ってるね。わたしなんて石川県の出身なのに知らなくて、今日初めて見たんだから」

あらためて真冬は自分の無知を恥じた。

「有名ですよ。ニュースなどでもときどき扱われます。僕も一度は見てみたいですね……雪国の冬はきれいな景色が見られますからね」

感嘆したような声で今川は言った。

「気の毒ね……霞が関に閉じ込められているんだから」

霞が関に閉じこもっていた、かつての真冬からは決して出てこなかった言葉かもしれない。

「そうお思いでしたら、今回はぜひ、能登へ出張させてください！」

期待を込めた今川の声が耳もとで響いた。

「いまのところ、今川くんにご出馬頂くような緊急事態は起きてないの」

気の毒だが、無駄に出張させるわけにはいかない。今川の仕事は東京にたくさんあるのだ。

「あ〜あ。どうせそうですよね」

ふて腐れたような声を今川は出した。

神奈川県出身の今川は、旅に出て各地の風物に触れることが好きなのだ。

真冬は都会に憧れて京都大学を目指したし、警察庁に入庁した。地方を巡りたいという気持ちはそれほど強くはない。ノマドのような自分の立場は今川にこそふさわしいのかもしれない。

だが、地方警察の幹部に立ち向かわなければならない地方特別調査官は、警部であり、若い今川には難しい仕事なのだろう。

真冬たち国家公務員総合職試験（かつては上級甲種試験・I種試験）に合格し、キャリアとして警察庁に採用されたものは、七年ほどで警視の階級に上る。今川もあと少しで警視となるはずだ。

だが、ノンキャリアにとって警視の地位は最低でも三〇年ほどの勤務実績を要する。また、ごく一部の警察官しかたどり着けない地位である。

「ごめんね」

真冬としては謝るほかはなかった。

「ま、名前を言えないあの審議官にこき使われて、東京で朝倉さんをサポートするのが僕の仕事ですから……」

嘆き声で今川は言った。

「アケチモート卿は今日もお元気かしら」

真冬は今川のノリにつきあった。

「さぁ、お元気なんじゃないんですかね。メールでしかお会いしないお方ですからね」

ふだん今川が明智審議官と直接話すことはない。

彼は明智審議官からのメールの指示で、真冬のサポートをしてくれている。

「電話だって同じことだよ」

「だいたいあのお方が泣いたり笑ったりすることがあるんでしょうかね……メールにも感情というものを感じませんからね……で、今日はなにか発見がありましたか？」

今川は気を取り直したのか、本題に入った。

「まずね、鴨ヶ浦で遊佐秀夫さんという石川県警捜査一課の警部補に会ったんだ。この人は協力者として適任だと思ってるんだ……」

真冬は今川に遊佐との出会いから一連のことを説明した。

「いい協力者が見つかりましたね。捜査一課のベテラン刑事なら期待できるでしょう」

今川は嬉しそうな声で言った。

「それで今回の事件について現時点でいちばん引っかかっていることがあるんだ。捜査本部があるカップルの目撃証言を軽視してね……」

能登島での目撃証言と捜査本部の捜査中断指揮について真冬は詳しく話した。

「それ、完全にヤバいじゃないですか」

驚きの声を今川は上げた。

「このあたりに石川県警の不正の事実が見え隠れしていると思う」

「ええ、僕もそう思います」

「遊佐さんは被害者の平田友梨亜さんは遺体発見現場の鴨ヶ浦周辺ではなく、能登島付近で殺害され、遺体を運搬・遺棄されたと考えているし、わたしも同意見なんだ」

「朝倉さんの言うとおりなら、ある種の偽装工作が発見できそうですね」

期待に満ちた今川の声が響いた。

「そういうこと。明日は遊佐さんと目撃地点に行ってみる予定だよ。なにかしらの材料を集めてくる」

「きっとなにか見つかりますよ。頑張ってください」

真摯な声で今川は励ました。

「今日のお仕事報告は以上です……あとね、輪島でランチをね……」

「さよなら」

今川は真冬の言葉をさえぎった。

そう言いつつ、電話を切らないのが今川だ。

「資料送るね」

真冬はスマホを耳から離して画像ホルダーから一枚の写真を引っ張り出して送信した。

「必要ありません……あっ、メールいらないですって」

叫び声が響いた。

「鬼っ……なんですか……これ……」

今川は乾いた声を出した。

「お刺身」

「見りゃわかりますよ。これが僕のランチのハンバーガーだとでも言うんですか」

尖った声で今川は言った。

「うふふ、輪島港近くでふらりと入ったお店でお勧めされたの。《宇出津港のと寒ぶり》ってブランドブリなんだよ。歯ごたえが最高なの。変にやわらかくないし、ゴテッとした脂も感じない。それでいて旨みたっぷりなの。ちょうど旬の時期でしょ……」

「話聞きたくなぁい」

子どものように今川が叫んだ。

「夕飯のメインディッシュもブリだったんだよ」

「あの……僕そろそろ……夕飯を食べに行きたいんですけど」

「あら、お腹空いてるのにごめんなさい」

真冬はふたたび写真を送信した。

「あーっ、送るなぁ……これは……」

かすれた声が耳もとで聞こえた。

「ブランドブリじゃないけど、地元のブリを使った《いしる鍋》だよ」

「あの日本三大魚醬の……」

乾いた声が耳もとで響いた。

「そう、いしるは思ったほど生臭くなくて豊穣な旨みがたっぷりだった。半レアのブリがまた甘くて……繊細なのに豪快って感じ」

「へぇー、そうですか」

棒読みで今川は答えた。

「あと、能登牛のステーキも美味しかったな」

「ふんっ、今夜は僕も魚と牛肉を満喫してやるっ」

またもふて腐れた今川の叫びが聞こえた。

「今夜もあの和食レストランでお夕飯？」

「そうですよ。牛鮭定食を選ぶんですから。チーズ牛サラダも追加しちゃいます」

今川はヤケクソのような口調で言った。

警察庁が入る霞が関の中央合同庁舎二号館の隣には国土交通省とその外局の観光庁、海上保安庁が入る三号館がある。その地下一階食堂区画には吉野家が存在する。

「では、警視どの、拙者はこれにてごめん」

今川はおどけて武張《ぶば》った声で言った。

「おやすみなさい」

真冬は電話を切った。

ちょっとかわいそうになった。今川がふざけて僻《ひが》んでいるのはわかっているが、どこかに真実が含まれている気がする。
今川を現地調査に連れてきてあげたい。今夜の真冬は強くそう感じていた。
シャワーを浴びてから、今日の調査で得た内容をパソコンに記録した。
旅の疲れもあって、真冬は早くベッドに潜り込んだ。
遠くで響く波の音を子守歌に真冬は眠りに落ちていった。

第三章　能登島の謎

1

　薄曇りにときどき陽が差すという天気のなか、遊佐の白いライトバンは一路能登島を目指した。

　島の南にある和倉温泉側の能登大橋でなく、西側のツインブリッジ能登から能登島に入った。

　一キロほどのこの長い吊り橋を渡るときは、左右の車窓に穏やかな七尾湾がひろがった。

　昨日、遊佐が言っていた通りだった。一時間ほどクルマに揺られると現場に着いた。

広い駐車場が道路の南北にひろがっていて、北側には杉木立の向こうに海が見えている。

　このあたりも積雪はゼロで、駐車場には一〇台以上の車が停まっていた。

「とりあえず目撃地点を見てみよう。正確に言うと、ここは《のとじま水族館レクリエーション広場》の駐車場だ」

　遊佐は南側の駐車場にクルマを停めてエンジンを切った。

　ふたりは続けてクルマから降りた。

　風は弱く、陽ざしのおかげでそれほどの寒さは感じない。

　何台ものエンジンの音がやかましく響いてくる。

　ゴーカートで遊んでいる人がいるようだ。

「冬もお客さんがけっこういるんですね」

　驚いて真冬は訊いた。

「ああ、通年で朝九時から営業している。一二月から三月初旬は四時半まで、それ以外の季節は五時までの営業だ」

「冬は閉鎖されているんだと思っていました」

「このあたりは積雪がほとんどないからね。もっとも、目撃証言のある二月一四日午後五時二〇分頃は客も従業員もほとんど残っていなかったろう」

「二月中旬のことですからね」

実際にその日がピーカンという奇跡でもない限り、ゴーカートに乗る客は少なかろう。目撃証言が一件だけというのはうなずける。

「たしかにそうだろうな。でも、能登半島には遊園地もないから、冬でも意外と客がいるみたいだな。ふたり乗りで一周五三〇円だそうだ」

遊佐は駐車場のまんなかあたりのレーンまで歩いて行き、真冬もこれに続いた。

「向井さんと三原さんのカップルはこの場所に、道路方向に向けてクルマを停めていたんだ。それで、この駐車場に入ってきてあの看板あたりで立っていた平田友梨亜さんらしき女性を目撃したというんだ」

遊佐の指さす先に「イルカとのふれあいビーチ」という、白地に青文字で書かれた大きな看板が設置されていた。

「あそこですか」

「うん、ふれあいビーチは道路の反対側の杉木立の間に見えているあたりの海にあるんだが、もちろん夏場だけの営業だ。とにかく、駐車場に入ってきた平田友梨亜さんらしき女性はあの看板の下に立っていたということだ。一〇メートルに満たない距離だから、平田さんの顔はじゅうぶん確認できたはずだ。」

看板に視線を置いたまま、遊佐は言った。

「やっぱり誰かの迎えを待っていたんでしょうね。この駐車場でいちばん目立つのはあの看板ですからね」

真冬にはそれ以外は考えられなかった。

「俺もそう思う。クルマを運転している者からもあの看板はよく見える」

遊佐は真冬に顔を向けてうなずいた。

「昨日聞き忘れたんですけど、向井さんのクルマのドライブレコーダーの映像は入手できなかったのですね」

ふと思いついて真冬が訊くと、遊佐は首を横に振った。

「残念ながら向井さんのクルマにはドライブレコーダーは備えられていなかった」

遊佐は首を振って答えた。

「もし、ドライブレコーダーの映像があれば、二月一四日に平田友梨亜さんがここに来たことが明らかになったのに……」

　真冬は悔しかった。

「惜しいことがあってね」

　ぽつりと遊佐が言った。

「どんなことですか」

　遊佐はいま立っている場所とは道を挟んで反対側の駐車場を指さした。

「実はね、あの駐車場に駐車してあったクルマのドライブレコーダーの記録映像を手に入れた」

　正面の駐車場にも何台かクルマが停まっている。

　青と白の樹脂の屋根覆いがかわいい車庫のようなものもあって、そこには水族館の管理用のトラックの姿も見えた。

「本当ですか」

　真冬は身を乗り出した。

「このクルマは狩野《かのう》さんっていう《のとじま臨海公園》の職員さんのものだ。エンジンが止まってても二四時間稼働するドライブレコーダーを積んでいたんだ。事件当日は同僚のアパートで飲む予定だったんで、その同僚の車に乗せてもらった」

「じゃあ、平田さんを迎えにきたクルマとか、ドライバーも映っているんじゃないんですか」

真冬は声を弾ませたが、遊佐は顔をしかめた。

「この話を聞き込んできたのは、捜査本部で俺と組んでた片桐昌雄《かたぎりまさお》って部長刑事だ。その頃は輪島中央署の刑事課強行犯係に所属していた。まじめな男でね」

遊佐はやわらかい声で言った。

「片桐さんはドライブレコーダーの記録を手に入れたんですね」

真冬の問いに遊佐はうなずいた。

「片桐は職員への聞き込みで狩野さんに辿り着きドライブレコーダーのSDカードを提出してもらった。ところが……」

遊佐は言葉を切って真冬の顔を見て微妙な表情を浮かべた。

「平田さんを迎えに来たクルマは映ってなかったんですか」

せっつくように真冬は訊いた。

「持ち帰って再生しようとしたところ、SDカードに記録されたデータが読み出せなかったんだ……片桐はえらく落ち込んでいたよ」

冴えない声で遊佐は答えた。

「そうなんですか……」

真冬はがっくりと肩を落とした。

「ドライブレコーダーに使うSDカードは何回も上書きされる。ことに二四時間記録型は上書き回数が多くなるので、データに傷が出やすいそうだ。信頼性のとくに高いSDカードを使用するようにとドラレコのメーカーも注意しているんだ」

遊佐は唇を突き出した。

「その狩野さんという職員さんのSDカードは安物だったのですか」

「いや、国産のまともな品だった」

「でも、データの読み書きができなくなることはありますよね」

真冬も仕事用のノートPCのスロットに差しっぱなしで使っていたSDカードが読み込めなくて大変な思いをしたことがある。それ以来、SDだけではなく必ずクラウドにもデータを保存することにしている。

「まぁ、我々にとっては運が悪かったとしか言いようがない」

眉根を寄せて遊佐は言った。

「残念ですね……変なことを聞くようですけど、鑑取り捜査で能登島居住者は浮かんでいないんですか？」

素朴な疑問だった。

「なぜ、そう思うんだい？」

おだやかな声で遊佐は訊いた。

「目撃証言が事実としたら、平田さんを迎えに来た人物がいるわけですよね。もちろん、その人物も遠方から来ているかもしれません。でも、それならこんな場所で待ち合わせするとは思えません。だとしたら、能登島の居住者である可能性もありますよね」

真冬はいささか興奮して言った。

「缶コーヒーでも飲まないか」

遊佐は真冬の疑問に直接は答えなかった。

道の向こう側にドリンクの自販機が並んでいた。

「わたし、買ってきます。缶コーヒーならなんでもいいですか？」

遊佐がうなずいたので、真冬は道路を渡って缶コーヒーをふたつ買ってきた。

「すまんね。ちょっとクルマに戻ろう」

なぜか遊佐は声を潜《ひそ》めた。

クルマのなかでふたりは缶コーヒーのプルタブを引いた。

「これからの話は俺の妄想だと思って聞いてほしい」

真剣な目つきで遊佐は言った。

「妄想ですか？」

あまりにも意外な言葉に真冬は目を瞬《しばたた》いた。推理というならわかるが、妄想とは
……。

「そうだ、妄想だ。いまから話すことが外へ漏れたら、俺はクビだ」

言葉とは裏腹に遊佐の表情は明るかった。

「わたしのことは信用していますよね」

真冬は遊佐の顔を見つめながら訊いた。

「もちろんさ、だから妄想を話そうと思う」

「お願いします」

「実は、鑑取り捜査で、ひとりだけ能登島と縁のある男が浮かんだ」

「本当ですか」

真冬は身を乗り出した。

「ああ、温井隆矢《ぬくいたかや》という二五歳の男だ。金沢市に住んでいて、音楽プロデューサーを自称している」

平板な口調で遊佐は言ってスマホをタップして真冬に見せた。

ひとりの若い男が紺色のテーラードジャケット姿で微笑んでいる。

「うわー、なんかキザっぽい」

思わず真冬は素っ頓狂な声を上げた。

逆三角形のシャープな輪郭で目鼻立ちは整っている。

少し長めでアッシュブラウンに染めたヘアスタイルも悪くない。

いわゆるシュッとした顔に入る部類だろう。

だが、細めの目はどこか冷たい感じで、薄い唇には甘やかされて育った男の雰囲気が漂っていた。

間違っても真冬が好感を持つタイプではない。

ふつうのスナップではなくプロが撮った写真のようだ。

「この男性は平田友梨亜さんとどういう関係なんですか」

鑑取りで浮かんだ人間であれば、友梨亜と親しい可能性が高い。

「平田友梨亜さんが金沢国際大学で所属していた軽音楽サークルの先輩に当たる男だ。ほかの三人とバンドを組んでいて、友梨亜さんはヴォーカルを……隆矢はキーボードを担当していた」

遊佐は淡々と答えた。

「かなり親しい関係ですね。恋人同士なんですか？」

もし恋人同士の関係がもつれていれば、殺害の動機を持つ可能性は低くはない。

「その可能性は否定できない。だが、ふたりが交際していたというはっきりした証言はひとつも取れなかった」

遊佐は眉間にしわを寄せた。

「能登島に住んでいる人でしょうか」

「自宅は金沢市の石引《いしびき》だ」

「市内では高級住宅街といえる場所ですね」

石引地区は、兼六園《けんろくえん》のすぐ南東にあって地価も高い地域だ。

「そうだな……俺は石引にあるという家は訪ねていないんだ」

「金沢市内に住んでいるとしたら、能登島とはどんな関係があるのですか」

真冬には想像できなかった。

「実は、隆矢は能登島に別荘を持っている」

真冬の目をしっかりと見て遊佐は言った。

「二五歳という若さで別荘を所有しているのですか」

「いや、正しくは父親の持ち物だ。だが、父親が利用することはほとんどない。実質上は隆矢の持ち物と言っていい」

「どのあたりにあるんですか」

「ここから二キロと離れていない。字《あざな》で言えば、この《のとじま臨海公園》と同じ七尾市の曲町だ」

遊佐はさらりと言った。

「それは……」

真冬は言葉を失った。

「そう、疑わしいことこの上ない」

真冬の心を見透かすように遊佐はきっぱりと言った。

「で、隆矢に対する捜査は進んでいるのですか」

「捜査は進んでいない」

これ以上ないくらい渋い顔で遊佐は首を横に振った。

「そんな……有力な参考人には間違いないのにおかしいです」

抗議するような口ぶりになってしまった。

「だがね、捜査本部は向井さんたちカップルの目撃証言を誤りとしている。ほかに平田友梨亜さんと能登島を結びつける情報はなにひとつないんだ。友梨亜さんと知り合いの隆矢が能登島の別荘にいたからと言って、殺人と関係があるとする根拠はない。これが捜査本部の結論だ」

唇を歪めて遊佐は言った。

真冬の胸の内にはもやもやとしたものが渦巻いていた。

「隆矢に会ったことはあるんですか」

「一回だけ、金沢市内香林坊《こうりんぼう》の音楽スタジオで聞き込みをしたことがある。気取った感じの若僧で、警察なんて屁とも思っちゃいないという態度をとっていた」

遊佐は眉をひそめた。

「警察に対して突っ張った態度をとっているんですか？」

「いや、そうではない。隆矢の父親の温井宗矢《むねや》は石川県選出の参議院議員なんだ。与党民和党所属で二期目、五六歳なので若手議員ということになる。隆矢はその一人息子だよ」

「そうなんですか」

真冬は驚きの声を上げた。

「権力者の息子というわけですね」

石川県に限った話ではないが、地方都市では都会以上にこの手の地位にある人物の力は強い。

「祖父の温井貞造《ていぞう》はもともと七尾市の出身で土地持ちの一族だ。別荘の土地も父祖代々のものらしい」

「なるほど、それで能登島に別荘があるのですね」

「もっと重要なことがある」

重々しい口調で遊佐は言った。

「どんなことでしょうか」

「温井宗矢は警察官僚出身だ。東大法学部卒。退職したときには警察庁刑事局経済財政犯罪捜査指導室長という地位にあって階級は警視長だった」

「なんですって！」

真冬は叫び声を上げた。

「ああ、朝倉さんの上長だったわけだよ……あ、その頃はまだ学生か」

いつ宗矢が退職したのかはっきりしないが、真冬が入庁したときにはすでに退職していたと思われる。

「そうですね、わたしはまだ大学にいたと思います……その父親の権威をカサに着て、警察官を馬鹿にしているのですね」

言葉を口にしているだけでムカムカしてきた。

「たぶん、そう言うことだろうな」

が、遊佐の表情は平静だった。

気持ちを抑えて真冬は次の問いを発した。

「もしかすると、父親の温井議員が石川県警の上層部になんらかの影響を及ぼした可能性があるのではないでしょうか。警察官僚出身ならば、知人も少なくないはずです」

　口にするのも汚らわしい。

　裏腹に真冬の気持ちは高揚していた。

　核心に近づいているかもしれない。

「否定できん話だ」

　遊佐はかるくうなずいた。

「仮に息子の罪を覆い隠すために、石川県警幹部に圧力を掛けたのだとしたら、とても許せる話ではありません」

　少し興奮して真冬はつよい口調で言った。

　ところが、遊佐の表情は冴えなかった。

「俺は温井隆矢を被疑者として睨んでいた」

　遊佐の目が光った。

「捜査を再開させるべきです」

気負い込んで真冬は言った。

「いや、捜査本部は動かない」

「なぜですか、完全に怪しいじゃないですか」

遊佐を責めるような口調になってしまったことが真冬は恥ずかしかった。

「温井隆矢にはアリバイがあるんだ」

顔をしかめて遊佐は言った。

「どんなアリバイなんですか」

落胆の気持ちを感じつつ真冬は訊いた。

「その前に隆矢の別荘のあたりまで行ってみないか」

質問には答えず、遊佐はかすかに笑った。

「ぜひ!」

真冬はちいさく叫んだ。

遊佐はクルマのイグニッションキーをまわした。

クルマは樹林帯の坂道を下っていって県道二五七号に入った。ツインブリッジの方向に走ると下り坂になって、右手の杉木立の間に海がちらっと光っているのが見えた。

すぐに道路の左側に刈田がひろがるところに出た。

県道と並行する細い舗装道路に遊佐は後ろ向きでクルマを乗り入れた。

「この道路、二五七号の旧道がちょっと残ったものみたいだね」

そんなことを言いながら遊佐はエンジンを切った。

目撃地点から五分と掛かっていない。その間には建物は一切なく、防犯カメラも設置されているはずがなかった。

「目の前に道があるでしょ」

「はい、この奥ですか？」

県道から分岐して細い未舗装道路が林のなかに消えていた。

「うん、この奥には箱名入江《はこないりえ》っていう幅二〇〇メートル、奥行き一・四キロくらいの細長い入江があるんだ」

真冬はスマホのマップで表示してみた。

「右手の岬の反対側には《能登島家族旅行村Ｗｅランド》というのがありますね」

「クルマが一〇〇台くらい入れる公営のオートキャンプ場だ。でも、一二月から三月は休業している」

「その向こうがさっきまでいた《のとじま臨海公園》なんですね」

「そう、言ってみれば右手の海岸一帯は観光エリアだ。でも、すべての施設は稜線の反対側だ。入江の左手は人工施設はなにもない。箱名入江は温井家の別荘と、農業事業者の田んぼ以外はなにもないわけだ」

マップの航空写真からは右手の岬の中腹に白い建物が見えている。これが温井家の別荘に違いない。

「箱名入江まで行ってみたいです」

「あとでも行ってみるが、その前に、朝倉さんは平田友梨亜さんの死亡推定時刻を覚えているかい」

遊佐はアリバイの話を訊いてきた。

「二月一四日の午後六時から一〇時頃です」

真冬はきっぱりと言った。

「ちょっとややこしいぞ。まず死体発見現場の鴨ヶ浦の駐車場に当日午後六時半から午後九時過ぎまで駐車していた車両があった。やっぱりカップルで夜間ドライブの途中に車内でおしゃべりしていたということだ。所有者は輪島市役所に勤める大島《おおしま》さんという人だ。お供の女性は藤沢《ふじさわ》さんという同僚で、今回の事件とは完全に無関係と調べがついている」

「こちらもカップルですか」

少しあきれて真冬は訊いた。

「まぁ、《のとじま臨海公園》にしても鴨ヶ浦にしても、冬場のそんな時間にいるのはカップルくらいだからな。遺体発見者は波の花を撮りに来た素人カメラマンだが、夜が明けてからだ。夏場だったらもっと目撃者がいただろうけどね」

遊佐は苦笑して言葉を継いだ。

「大島さんはおしゃべりしている間に不審なクルマなどは現れなかったって証言している。藤沢さんも同じ証言だ。夜間なのでヘッドライトの明かりを見落とすとも思えない。大島さんのクルマにはドライブレコーダーが積載されていた。一台のクルマも映ってはいなかった」

「つまり、友梨亜さんの死体が遺棄されたのは午後九時過ぎ以降ということになるのですね」

「そうだ、実はその時間、隆矢は能登島の別荘にいた。俺は別荘内かその付近が殺害場所と考えている」

「では、目撃証言通り友梨亜さんが能登島にいたとしたら、午後五時二〇分以降に隆矢が友梨亜さんを能登島で殺害して、その後遺体を鴨ヶ浦まで運搬した。午後九時過ぎ、大島さんたちが鴨ヶ浦を立ち去った後に友梨亜さんの遺体をあの入江に投棄したとしたらつじつまは合います」

いささか興奮して真冬は言った。

「それは不可能なんだ」

遊佐は深く息を吐いた。

「なぜですか、論理的には間違っていないと思いますが……遺体の発見時刻は二月一五日土曜日の朝七時頃ですから、大島さんのクルマのドライブレコーダーの記録とは矛盾しません」

つい口調がきつくなった。

「たしかにそうだ。だがね、隆矢は遺体を運搬できないんだよ」

渋い顔で遊佐は答えた。

「どうしてですか？　能登島で午後五時二〇分より後に殺害したとして遺体を運搬す

れば九時過ぎに鴨ヶ浦で投棄することも可能でしょう」

口を尖らせて真冬は言った。

「箱名入江に入るあの道は当日の夜は通れなかったんだ」

真冬は耳を疑った。

「どうしてですか」

「目の前を通っている県道二五七号田尻祖母浦半浦線は、事件当夜一四日の午後九時から翌一五日の朝六時まで道路工事のために二〇〇メートルほどの区間が通行止だったんだ。この地図を見てくれ」

遊佐はスマホを手にとると、一枚の地図の写真を表示させた。工事箇所が赤い色で明示されている。

「あのカーブから二〇〇メートルですか」

真冬は左手のカーブから視線を右手に巡らして言葉を継いだ。

「たしかに箱名入江の道はふさがってしまいますね」

「かなり大回りになるが、迂回路が確保できている。ただ、この迂回路は別荘への分岐点をまたぐようなルートだ。実際に困るのは温井家の別荘だけなんだ。工事関係者は準備のために午後八時半頃には現場に入っており、作業終了後の六時半頃に現場を離れた。つまり、事件当夜の午後八半時から翌朝六時半までは隆矢は袋のネズミといった状態で能登島から遺体を運搬できないわけだ」

険しい顔つきで遊佐は言った。

「でも、島内のほかの場所で殺害して鴨ヶ浦まで死体を運搬したという可能性は否定できないでしょう」

真冬は食い下がった。

「それも無理だ。隆矢は午後八時四七分に金沢の友人の自宅に別荘の固定電話から電話している。この友人は警察官で非番だった金沢中署の地域課員だ。証言に紛れのあろうはずもない。また、一〇時二一分に同じく別荘の電話から東京のビジネスホテルに予約の電話を入れていて、実際にこのホテルには翌日宿泊している。この二回の電話の際に別荘にいたことは明らかなんだ。仮に隆矢が平田友梨亜さんを殺したとしても、死体を運び出せるわけはない」

冴えない顔つきで遊佐は答えた。

「隆矢のアリバイをかなり詳しく調べたんですね」

真冬はいまさらながらに驚いた。

「それもここまでだ。以上の内容を報告したら、捜査本部は温井隆矢の捜査から手を引くように指示した。アリバイがある者の捜査は人権侵害につながる。すぐに捜査をやめろってな」

遊佐は大きく舌打ちした。

「たしかにアリバイははっきりしているようですね」

真冬も気落ちして言った。

「でも、朝倉さんは刑事に向いてるな」

低くうなり声を上げて遊佐は言った。

「そうですか」

ベテランのすぐれた刑事である遊佐に言われていささか驚いた。

「刑事は観察力と洞察力、そしてなにより論理的思考能力が大切だ。官僚にしとくのはもったいない」

遊佐はまじめな顔で言った。

「ありがとうございます」

真冬はなんと答えてよいのかわからなかった。

「俺はいまでも隆矢が犯人であるとの疑いを拭えない」

顔つきを引き締めて、遊佐はエンジンを始動させた。

2

クルマは県道を横切って箱名入江に向かう未舗装路に入った。

最初は県道沿いに走っていた未舗装路は百数十メートルくらいの位置でほぼ直角に左に曲がって入江へと向かった。左手には田んぼが現れ、右手はずっと岬の原生林が続いている。

曲がってから、三〇〇メートルほど走ると入江の最奥部の岸辺となっていた。

右手の原生林のなかにRC二階建ての白い建物が見えた。

道はそこでふたたび左に直角に曲がって岸辺に沿って続いていた。

遊佐は直角に曲がっているあたりの少し広くなっているところにクルマを停めた。

だが、クルマがすれ違えるような幅はなかった。

「ほかのクルマが来たら、引き上げよう。どうせたいした収穫があるわけじゃないだろう」

そう言って、遊佐はクルマを降り、真冬はこれに続いた。

「あれが隆矢の別荘だ」

遊佐は右手の白い建物を指さした。

海面からは一〇〇メートルほどの位置で、数段の階段を上ったところに建っていた。道に沿ってコンクリートの四角い車庫があった。クルマは停まっていなかった。

「クルマがないところを見ると、別荘には誰もいないようだな」

ぽつりと遊佐が言った。

「県道から五〇〇メートルくらいですかね」

「そうだな、まぁ歩けない距離ではないが……現地や地図を見てわかったと思うが、この入江手前の陸地は県道や施設から完全に死角になっている。また、近隣に人家は一軒も存在しない。この導入路に入ってくるのは、田んぼの所有者の農家の方と釣り人くらいだ。どちらも冬季はほとんどいない」

隆矢の別荘は犯罪を実行するには、最適の環境だろう。

真冬たちは道なりに岸辺に出た。

岸辺の縁はコンクリートの低い護岸が続いていたが、一部がスリットで切れている構造となっていた。ここから水辺に下りることができる。

水位が上がったときには、板かなにかをスリットに差し込むのだろう。もっとも入江の水位がそれほど上がることがあるとは信じられないほど海面はおだやかだった。

真冬たちは水面ギリギリまで下りてみた。

波がないので、靴が濡れるようなことはない。

「すごくきれいな入江ですね」

深い緑色に沈む海面はまるで湖のように静かだった。

入江の中ほどにはいくつかの筏《いかだ》が浮かんでいた。

「ああ、深く切れ込んでいるから、外界の荒波とは無縁の静けさだな」

「鏡のような水面にまわりの林の木々が映るのも素敵です」

うっとりした声で真冬は言った。

「そうだな、秋にはまわりの木々が紅葉して、深緑の水と映えてそりゃあ美しいんだ」

楽しそうに遊佐は答えた。

「一回見てみたいですね。紅葉の時季は人が多いんですか」

「いや、秋もほとんど人はこない。この入江はいまは釣り人くらいにしか縁がないんだ」

「たしかに大勢の人がクルマで押しかけても停める場所もないし、導入路自体があぜ道に毛の生えたような頼りなさですもんね」

「実はね、太平洋戦争中は、ここに軍艦が浮かんでいたんだ」

入江の湾口方向を眺めながら遊佐は思いも掛けぬことを口にした。

「本当の話ですか」

真冬は驚いて遊佐の横顔を見た。

「ああ、終戦近くなった夏、練習巡洋艦の『鹿島』という六〇〇〇トン近くもある船を米軍の攻撃から守ろうとしてこの入江に隠してたんだ」

遊佐は振り返って微笑んだ。

「どれくらいの大きさなんですか」

「全長一三五メートルとのことだ。俺が調べた限りでは、東京から伊豆諸島の三宅島や八丈島に行く東海汽船の『橘丸』とだいたい同じくらいだな」

「あ、竹芝のホテルで友だちの披露宴に出席したときに見た船だと思います。目の前の東京湾をゆったり航行していました。あんなに大きい船がこの入江に浮かんでいたんですか」

いまの箱名入江からは想像もつかない。

「そう、すぐそこは浅いけど、この入江は二〇メートル以上の深さがある」

遊佐は入江に視線を戻して言った。

「でも、遊佐さんはなんで箱名入江についてそんなに詳しいんですか」

素直な驚きだった。

「あの別荘が怪しいと思ったから、この入江も調べたんだよ」

真冬は驚きを隠せなかった。

遊佐の刑事魂はすごい。あらためて真冬は感じ入った。

「もしかして、平田友梨亜さんの遺体はここから船で運ばれたんじゃないんでしょうか。それなら、工事による通行止はクリアできます」

単なる思いつきを真冬は口にした。

「実は俺もそれを考えた。ほら、あそこに桟橋もあるだろう」

遊佐は入ってきた方向とは逆側の岸辺の端を指さした。

桟橋があって小舟が一艘もやってある。

「春から秋にあの舟を出して筏まで釣り客を渡す営業をやっている。隆矢があの桟橋にプレジャーボートなどを着けて遺体を運び出す手口を使ったかと検討してみた」

「どうなんですか」

期待を込めて真冬は訊いた。

だが、遊佐は力なく首を振った。

「隆矢は船舶免許は持っていないし、船を操舵《そうだ》することもできない」

「でも、別の人間に船を操舵させていたら？」

真冬は食い下がった。

「それも無理なんだ。ここから船を出せたとしても、鴨ヶ浦に船を着けることは不可能だ。ここから外浦まで行けるような船が鴨ヶ浦に近づけば岩場が多く必ず座礁してしまう。六〇〇メートル離れた輪島港にはもちろん入れる。しかし、そこで遺体を載せ換えたりしたら人目につく。さらに防犯カメラの記録に残るんだ。だから、船を使ったという説はまずあり得ない」

遊佐はきっぱりと言った。

真冬はしばらく黙って入江を見つめていた。

潮風は吹いてくるが、陽ざしが心地よい。

「あの……ひとつだけ考えたんですが……」

思いついた考えは奇抜かもしれないが、真冬は口にすべきだと考えた。

「言ってくれ」

「今回の犯行は隆矢ひとりでは不可能なのではないでしょうか」

「続けてくれるかな」

おだやかな声で遊佐は促した。

「たとえばですよ。隆矢は五時半頃にさっきのゴーカート場に平田友梨亜さんを迎えに行く。そのあとこの入江で友梨亜さんを殺害した。たとえば、水辺に下りられるこの場所が殺害現場かもしれない。友梨亜さんを夕陽を見ようなどと言ってここに連れ出して背後から襲って海に顔を沈めて窒息死させた。その後八時半までの間に誰かを呼び出してクルマに遺体を積む。共犯者は工事準備の始まる午後八時半より前に県道に出て鴨ヶ浦に移動する。共犯者は大島さんたちが立ち去るのを待って、九時以降に遺体を投棄した。一方、隆矢は午後八時四七分と一〇時二一分に電話してアリバイ作りをしたわけです」

話しているうちに、真冬は自分の言葉に自信が出てきた。

「じゅうぶん実現可能な計画だな」

遊佐はうなり声を上げた。

「そもそも二回とも固定電話を使っている点も不自然ですよね」

通常の感覚では、わざわざ固定電話を使う人は少ないだろう。

もちろん、不自然というだけの話だが……。

「固定電話ならNTTに照会すれば発信番号と設置住所を特定できるからな。隆矢は別荘にいたことを証明したかったんだ。警察が調べることを想定して固定電話を使ったんだな」

ほかの理由は考えられなかったが、なんのために固定電話を使ったかを立証することは困難だろう。

大学のサークルの先輩で交友関係があったこと、向井カップルの目撃証言があった能登島の曲町地区に別荘を所有しており、事件当時そこに滞在していたこと、当夜、別荘からアリバイ工作のように固定電話で電話をしていたこと。

この三点から、どう考えても温井隆矢を被疑者として検討すべきだ。

「隆矢の捜査を再開することは、どうしてもできませんか」

真冬はしつこく食い下がった。

捜査が進めば、真冬の目的にも一気に近づけるはずだ。

だが、遊佐は首を横に振った。

「物証はなにひとつない。人証については向井さんの目的証言だけだ。それだって証明できる事実は平田友梨亜が五時二〇分頃に能登島にいたということだけだ。たとえば、その後、平田さんがタクシーかなにかを使って輪島へ行くことだって論理的にはあり得る」

眉間にしわを寄せて遊佐は言った。

真冬ももちろんわかっている。が、だからこそ捜査を進めるべきなのだ。

「無理ですか……」

「残念ながら」

遊佐は力なく言葉を継いだ。

「俺ひとりでこっそり隆矢のまわりを捜査するしかない」

期待するしかないが、捜査本部に隠れての遊佐ひとりの捜査には限界がある。

「物証や人証が出れば、捜査本部は動きますよね」

「そりゃあ、動かざるを得ないだろう」

どこか皮肉っぽい口調で遊佐は答えた。

「では、物証や人証を集めましょう」

力づよく真冬は言った。

「どこから手をつけるつもりだ」

遊佐は目を瞬いた。

「片桐さんに会ってみたいんです」

真冬は遊佐の目をしっかりと見据えた。

「俺の相棒だった片桐昌雄のことを言ってるのか。なぜだ」

首を傾げて遊佐は訊いた。

「捜査本部にいるなかで遊佐さんが信頼してる人だからです」

自信を持って真冬は答えた。

「なぜそう思うんだ？」

遊佐はきょとんとした顔をした。

「片桐さんの話をしたときに、遊佐さんはそれまでにないほどやわらかな表情をしていましたから」

微笑みながら真冬は答えた。

「そうか……俺はほとんど片桐の話をしていなかったと思うが、朝倉さんは鋭いな。やっぱり刑事の素質があるよ」

心底感心したように遊佐は言った。

「えへへ、ありがとうございます」

真冬は笑ってごまかした。

「たしかにヤツは信用できる男だ。口止めすれば絶対によそに漏らしたりはしない。だから、朝倉さんは身分を隠す必要もない」

遊佐はきっぱりと言い切った。

「ますます会ってみたくなりました」

真冬の言葉に遊佐は微妙な表情を浮かべた。

「だが、片桐はもう捜査本部にはいない」

力ない声で遊佐は言った。

「どこにいるんですか」

「五月の異動で駐在所員になった」

淋しそうに遊佐は言った。

「地域部に異動したんですか」

驚いて真冬は訊いた。巡査部長は駐在所員には多い階級だ。

「そうだ、本人の強い希望があったんだ。片桐から直接聞いた」

「刑事が嫌になっちゃったんですかね」

「そういうことだろうな」

「希望はすんなり通ったんですか」

警察組織では異動希望がとおることはあまりない。

「駐在所員はなり手が少ない。不便な地域での勤務が多いからな。能登半島の海沿いとか、白山の山中とかね」

石川県は面積はひろくないが、生活するには交通不便な地域も少なくはない。

「それで、片桐さんはどちらの駐在所で勤務しているのですか」

「能登半島の突端、珠洲市の禄剛崎《ろっこうざき》だ。そのすぐ南側で外浦沿いの珠洲警察署折戸町《おりとまち》駐在所だ」

やはり不便なところらしい。

「ここからどれくらい掛かりますか？」

「だいたい二時間だね」

平らかな声で遊佐は答えた。

「行ってみたいです」

真冬は声を弾ませた。

「駐在所員は事件などがなければ昼飯を食べに駐在所に戻っているのがふつうだ。いまここを出れば、一二時から一時の間には到着できる。ヤツは戻って飯を食ってるさ。すぐに出よう」

元気よく遊佐は答えた。

「連絡してからお訪ねしたほうがいいんじゃないんですか」

約束なしで訪ねるのは、さすがに真冬は気が引けた。

「いや……いきなり顔を出したい」

はっきりと遊佐は言った。

平日だけに駐在所員が留守の可能性は少ないだろう。もっとも休日勤務があった場合などは近隣駐在所と協力して平日に休日を振り替えることなどもあるらしいが……。

「わかりました」

ここは片桐の人物を知っている遊佐にまかせるしかない。

「片桐から話を聞いたら、珠洲市内で昼飯にしよう」

「楽しみです」

真冬はついにんまりしてしまった。

遊佐はにっこり笑ってイグニッションキーをまわした。

真冬たちを乗せたクルマは、県道に向かって未舗装路を進み始めた。

何度か後ろを振り返って真冬は箱名入江に別れを告げた。

3

ツインブリッジのとで能登島を離れたクルマは、穴水までは海岸線を辿ってその後は能登半島の脊梁《せきりょう》に当たる山地を北上した。

目的地の珠洲市折戸はマップで見ると半島の突端に本当に近い。海岸線沿いに下れば一時間ほどで輪島港あたりに戻れる場所だ。

県道の両脇は狭い田んぼか森林が続いて、ほとんど町らしい町はなかった。

能登空港（のと里山空港）のそばを通ったが、森に隠れて空港は見えなかった。

鵜飼海岸に沿って走ったが、海は離れていて見えない。見附島《みつけじま》への道を示したナビ板が出てきた。その形状から軍艦島とも呼ばれ、国の天然記念物にも指定されていて能登半島のシンボルにもなっている。一度は見てみたいと思っていたが、いまはそんな場合ではない。

いったん珠洲市の中心部に出てふたたび北側の山地に入る。穴水からずいぶんの距離を走ったのに海は見えなかった。

「実はな、とつぜん訪ねようというのには理由があるんだ……」

途中で遊佐が言い出した。

「教えてください」

真冬の言葉に遊佐は直接には答えず、別のことを言い出した。

「片桐がいきなり刑事をやめて駐在になった理由を、俺はずっと考えてたんだ。ヤツは刑事の仕事を愛していた。出世なんてまったく考えてなかった。とにかく事件だけを追いかけることを生きがいにしてたんだ。それが駐在なんて……もちろん出世コースでもない。片桐が駐在所勤務を希望するなんてあり得ないんだ。朝倉さんはものすごく勘のいい人だ。想像でいいから朝倉さんの考えを聞かせてくれないか」

遊佐はやわらかい口調で頼んだ。

「これは遊佐さん流の言い方を借りれば妄想なんですけど……」

またも突飛な考えだが、真冬なりのはっきりした考えがあった。

「その妄想ってのを知りたい」

真冬は自分の考えを遊佐にていねいに話した。

聞いていた遊佐は低くうなった。

「自信が出たぞ。俺もまったく同じ考えだ。で、ヤツに真実を語らせるためには不意打ちしたほうがいいんだよ。訪ねることを予告してしまうと、相手は身構えて準備するからな。刑事の常套手段さ」

「なるほど、そういうことでしたか」

真冬は納得した。

「片桐に質問をするのは、朝倉さんに頼みたい。こんなやり方だ……」

遊佐は片桐に接するときの作戦を真冬に告げた。

「わかりました。その作戦で参りましょう」

きっぱりと真冬は答えた。

ちいさな郵便局のある集落を過ぎて左手から道が合流したと思ったら、いきなり目の前に海がひろがった。

半島を横切って外浦に出たのだ。

いつの間にか青空がひろがっていた。

風は強く藍色の水面に白波は立っているが、波の花が飛ぶような雰囲気ではなかった。

海沿いの県道を一〇〇メートルほど走ったかと思うと、クルマは道路の右手のアスファルトのスペースへと乗り入れた。

「着いたよ」

遊佐はエンジンを切った。

ハッとして窓の外を見るとグレーの瓦と白い壁の三角屋根の建物に、珠洲警察署折戸町駐在所と記されている。

丸いガラスの赤色灯はあるものの、よくある駐在所のように内部が見える作りではない。

内部の見えないガラス窓が並んでいて、その横に道路とは直角の位置に入口ドアが設けられている。

あとは少し離れて掲示板があるだけだ。駐在所の表記がなければ一般家屋に見える。

ただ、右手の車庫に小型の四輪駆動車らしきパトカーが停まっていた。

その横には大人用の自転車二台とピンク色の児童用自転車が停められていた。

黙って遊佐はクルマを降りた。

真冬もパーカーを羽織って助手席から外へ出た。髪が風にもてあそばれる。

まわりを見まわすと、数軒の建物が低い丘を背にして建っているだけの淋しいところだ。

右手には「禄剛崎4キロ」というナビ板が見える。左に視線を向けると、数百メートルの位置には十数軒の屋根が光っている。

さっきの郵便局が建っていた集落に違いない。

駐在所から人が出てくるようすはなかった。

真冬と遊佐は入口のドアの前に足を運んだ。

ドアは全面ガラス張りで内部が見えた。

執務室だった。スチールの椅子机や書類用のファイリングキャビネットといった什器《じゅうき》と、無線機、ヘルメット、雨合羽《あまがっぱ》などの備品が見える。

が、人の姿はなかった。奥に入って休憩しているのだろうか。

「朝倉さんが声をかけてくれよ。ヤツをちょっと脅《おど》かしてやろうと思ってな」

遊佐はニッと笑った。

うなずいて真冬は声を張った。

「すみませーん」

すぐに執務室の奥から無帽の制服警官が姿を現して、机上の略帽をかぶった。

「なんでしょうか」

四角い顔のがっしりとした体格を持つ警官がドアを開けて顔を出した。

地域課の活動服を着ているし、間違いなくこの警官が片桐だろう。

けげんな顔で真冬の頭から足もとまでを見ている。

三〇代半ばくらいだろうか。四角い顔はおだやかな人物に見える。

「禄剛崎はどちらへ行けばいいのですかね？」

背後から遊佐の声が響いた。

「え？」

片桐は目を大きく見開いた。

「道案内はちゃんとやらないとな」

笑い混じりに遊佐が前に出た。

「遊佐主任……」

片桐は言葉を失った。

「久しぶりだな」

のんきな調子で遊佐は笑った。

「どうしたんです？　こんなところまで」

驚きの声で片桐は訊いた。

「おまえに話があって来たんだよ。飯の途中か？」

にこにこしながら、遊佐は尋ねた。

「いえ、すませました。どうせ朝の残りものなんで……まぁ、入ってください」

遊佐と真冬が室内に入ると、あとから片桐も入ってドアを閉めた。

ファンヒーターの稼働している執務室はじゅうぶんに暖かかった。

真冬と遊佐はコートを脱いだ。

「そこに掛けてください」

片桐の言葉に従って真冬たちはアウターをコートハンガーに掛けた。

執務用のスチール机の横には粗末な茶色の対面ソファが置いてあった。

駐在署ではあまり見かけないが、スペースに余裕があるのだろう。

遊佐が遠慮なく座ったので、真冬も横に座った。

「いまお茶を淹れてきます。家内が珠洲に買い物に出ちゃってるもんで、美味しく淹れられませんが」

片桐はあわてて言った。

「どうぞおかまいなく」

真冬が言葉を発する前に、片桐は略帽を机の上に置いて奥へと消えた。

しばらくすると、お盆に三つの水玉模様の茶碗を載せて片桐が戻ってきた。

片桐は几帳面な感じで茶碗をソファのテーブルに置いた。

「すまんな。手土産はないぞ」

遊佐は茶碗を手に取った。

「そんな気を遣わないでください」

片桐は真冬たちの正面に座った。

「それで……こちらのお嬢さんは？」

疑わしげに片桐は真冬の顔を見た。

「紹介しよう。こちらは警察庁からお見えの朝倉警視でいらっしゃる」

もったいぶった調子で遊佐は言った。

「えっ！」

叫び声を上げて片桐はぴょんと立ち上がった。

「座ってください。わたしは警察庁長官官房審議官付の朝倉と申します」

真冬はにこやかに言ったが、片桐は立ったままだった。

「自分は石川県警珠洲警察署折戸町駐在所員の片桐昌雄巡査部長です。ようこそ珠洲市にお越しくださいました」

片桐は身体を深く折る室内での正式の敬礼をした。

「おい片桐、朝倉警視は座れとおっしゃってるんだぞ」

遊佐がおどけたような声で言った。

「失礼しました」

片桐はソファに落ち着かないようすで腰掛けた。お尻が少し浮いている。

警視は片桐にとっては捜査一課長や小規模署の署長と同じ階級だ。

遊佐の言葉通り、まじめそのものといった風貌だ。

眉が濃く彫りの深い四角い顔は陽に焼けていて、引き締められた唇に意志の強さを感ずる。

最初に受けた印象より若いのではないだろうか。真冬より二、三歳上くらいかもしれない。

「どうだ？　駐在所勤務は？」

お茶を口にしながらゆったりと遊佐は訊いた。

真冬が茶碗を手に取ると、気遣わしげに片桐もこれに倣《なら》った。

「おだやかで平和な毎日を送っています」

言葉通りのおだやかな表情で片桐は答えた。

「管轄区域はどんな地域だ」

遊佐はのんびりとした調子のままで問いを重ねた。

「折戸町、川浦町《かわうらまち》、狼煙町《のろしまち》、狼煙新町《しんまち》、東山中町《ひがしやまなかまち》、唐笠町《からかさまち》と人口も少ない地域です。事件らしい事件もありません。交通事故もないんです。夏場に人気観光地の禄剛崎周辺で観光客のもめ事がわずかにあるくらいです。高齢化も進んでいますし、住民のさまざまな相談に乗ってやるのが忙しいですがね。赴任してまだ七ヶ月なので、これからなにがあるかわかりませんが」

「ご家族は納得しているのか」

「いろいろと不便で家内は不満もあるようですが、物価が安い点は気に入っているみたいです」

「娘さんは、こんな人の少ないところで淋しがっていないか」

「小三の娘はこの海岸がなぜか大好きでして。異動になる前は金沢市に住んでいました。海は遠いですからね」

静かな口調で片桐は答えた。

「娘さんの学校はどうしているんだ？」

遊佐は眉間にしわを寄せて訊いた。

「一〇キロほど離れた珠洲市中心部の直《ただ》小学校に通ってましてね。家内が送り迎えしております。家内は買い物を学校近辺でしています。一五分ほどですが、あそこまで行けばスーパーもセブン－イレブンもドン・キホーテまでありますからね」

片桐はちいさく笑った。

「そうか……」

遊佐は複雑な顔をして黙った。

一瞬の沈黙が漂った。

「それで朝倉警視はどのような件でこんな遠いところまでお見えなんでしょうか」

おそるおそるといった調子で片桐は訊いた。

「それにお答えする前に、わたしがこれからお話しすることは、ここにいる三人だけの秘密です。絶対によそへ漏らさないことを約束して頂きたいのです」

真冬はしっかりとした口調で言った。

「も、もちろんです。約束いたします」

片桐は舌をもつれさせて答えた。

「わたしは地方特別調査官の職務を拝命しております……」

真冬は自分の職務について昨日、遊佐に話したのと同じような内容の説明を行った。

「そんなわけで、二月一五日に輪島市鴨ヶ浦で金沢市在住の女子大生、平田友梨亜さんが遺体で発見された事件を調査しております。遊佐さんのお話では、片桐さんも捜査本部に参加していたのですよね」

やわらかい声で真冬は訊いた。

「はい、参加しておりました」

片桐は堅苦しく答えた。

「わたしの上司である明智光興審議官から、この事件を調査するように下命を受けております」

「審議官……」

ぼんやりとした口調で片桐は言葉をなぞった。

「刑事局担当の長官官房審議官でいらっしゃる。階級は警視監だ」

遊佐が横から説明した。

「げえっ」

のけぞった片桐が奇妙な声を出した。

「朝倉警視は雲の上の人だけど、明智審議官は宇宙空間の人だよ。なにせ石川県警に警視監はひとりもいらっしゃらないんだ」

遊佐がおもしろそうに言った。

「なぜ、あの事件を？」

緊張しきった声で片桐は訊いた。

「捜査本部が開設されて一〇ヶ月以上経つのに捜査が進展していないのは、石川県警の内部におかしな力が働いている。そのために捜査指揮が歪められている。このように警察庁では考えております」

いくぶん抑えた声音で真冬は言った。

「警察庁が……」

片桐は目を剝いて絶句した。

大きなショックが片桐を襲っているように見える。

右足をしきりに貧乏ゆすりしている。

「片桐さんは温井隆矢という人物を知っていますね」

真冬は片桐の顔を見ながら訊いた。

さっと片桐の顔の色が失《う》せた。

真冬はちょっと不思議だった。ここまで驚くのは不自然だ。

「はい、マルガイの大学時代のサークルの先輩で音楽プロデューサーを自称している男です」

目を瞬きながら片桐は答えた。

その理由を知りたくて真冬は隆矢について尋ねることにした。

「遺体発見前日、司法解剖による死亡推定時刻によれば事件当夜、隆矢がどこにいたかも知っていますよね」

「はい、能登島の箱名入江にある父親の別荘にいました」

少しオドオドしたように片桐は答えた。

「その父親が元警察官僚で現在は参議院議員の温井宗矢ということは知っていますか?」

畳みかけるように真冬は訊いた。

「はい、知っています」

抑揚のない声で片桐は答えた。

「ここからはとくに他人に話しては困るんですが……」

真冬は片桐の目を見据えていった。

「絶対に話しません」

真剣な表情で片桐はうなずいた。

「遊佐さんとわたしは、温井隆矢を重要参考人として捜査すべきと思っています」

きっぱりと真冬は言い切った。

「ど、どうしてですか」

片桐は舌をもつれさせた。

「事件当夜、温井は能登島の別荘にいた。その日の午後五時二〇分頃、被害者の平田友梨亜さんが、別荘から二キロほどしか離れていない《のとじま臨海公園》の駐車場で目撃された。ところが、捜査本部ではこの目撃証言を無視した。温井と平田さんは大学のサークルの先輩後輩の関係です。どう考えても不自然です。わたしは隆矢の父親がなんらかの手段で、捜査本部に圧力を掛けたことまで疑っています」

真冬はさらに言葉に力を込めた。

「そ、そんなことが……」

ソファテーブルの茶碗がカタカタ鳴り始めた。

片桐の貧乏揺すりがテーブルを揺らしているのだ。

「ところで目撃者のいた駐車場には事件当夜、ひと晩停まっていたクルマがあった。《のとじま臨海公園》の職員さんのクルマです。このクルマはエンジンが止まっていても二四時間稼働するドライブレコーダーを積んでいました。片桐さんはその映像を記録したSDカードを、捜査のために所有者から受けとっていますね」

「はい、わたしが職員の狩野さんから受けとりました」

声を震わせて片桐は答えた。

「SDカードのデータが破損して読み取れなかったというのは本当でしょうか？」

真冬は片桐の目を見つめながら尋ねた。

片桐は口をつぐんで床に目を落とした。

貧乏揺すりは止まっていた。

代わりに額から汗がにじみ出ている。

「どうなのです？　データは壊れていたのですか？」

厳しい口調で真冬は問い詰めた。

「片桐、どうした。警視どのにお答えしないか？」

遊佐のきつい口調にも、片桐は目を伏せたまま黙っている。

「答えてください」

真冬は少し大きな声を出した。

「読めなかったのではなく、読めないようにした……のです」

目を伏せたまま、ほとんど聞き取れないくらいの低い声で片桐は答えた。

「あなたがですか？」

真冬の問いに、片桐はパッと顔を上げた。

「とんでもない、それは犯罪です。わたしはそんなことはしません」

片桐は大きく首を横に振った。

「いったい誰がSDカードのデータを破壊したのですか」

真冬は胸の鼓動を抑えて静かな声で訊いた。

石川県警の不正を暴くという本来の目的に近づいてきた。

「それは……」

片桐は言葉を呑み込んだ。

「おい、正直に言えっ」

荒い声を出す遊佐を真冬は掌《てのひら》で制した。

答えるにはハードルの高い質問だ。

別の問いを優先させてもよい。

「では、あなたはSDカードになんらかの手を加えたのですか」

真冬は片桐の目を見据えて訊いた。

「……内容をコピーしました」

低い声で片桐は答えた。

興奮が真冬の胸を震わせた。あるいは物的証拠は残っているのかもしれない。

「なぜそんなことをしたのですか」

だが、真冬は冷静な口調で訊いた。

「データを破壊から守るためです」

きっぱりと片桐は答えた。

「そうか、片桐。そうだったのか」

遊佐は激しい喜びの声を上げて何度もうなずいている。

真冬と遊佐が予想していた事実とは少し違っていた。

ふたりは片桐が上司の無理な命令でデータを破壊させられたのではないかと考えていたのだ。その罪の意識で刑事警察を離れて駐在所員に異動したと思っていた。

だが、事実はそうではなかった。

この先に訊かなければならないことが出てきた。

「データを破壊されるおそれがあったのですね。その経緯を話してください」

静かに真冬は尋ねた。

だが、片桐は口をつぐんだままだった。

身体が小刻みに震えている。

「片桐、なにを恐れているんだ。朝倉警視は警察庁の調査官だぞ。上司は警視監だ。うちの本部長の先輩のキャリアなんだぞ。本当のことをお話ししても、おまえは大丈夫だ」

頼もしい口調で遊佐は援護射撃してくれた。

「遊佐さんの言うとおりです。真実を語ったことで、あなたが不利益を被《こうむ》るようなことは絶対にないとお約束します。警察庁は片桐さんを守ります」

真冬は言葉に力を込めた。

「わかりました。朝倉警視を信じて、すべてを包み隠さずお話しします」

真摯な顔で片桐は言った。

片桐の身体の震えは止まっていた。

「おいおい、片桐よ。おまえは被疑者じゃないんだぞ」

遊佐はあきれ顔で言った。

被疑者の弁解録取書だとしても、いまどき「すべてを包み隠さずお話しします」という言い方はしないだろう。

「捜査本部内のある者が、参考人の供述調書を差し替えたことに気づいてしまったんです。捜査開始から一〇日ほど経った時点です。正確には今年の二月二五日の深夜です。捜査本部内に証拠隠滅を謀った者がいるのです」

眉をひそめて片桐は言った。

参考人とは事件の目撃者、被疑者の家族や友人、専門家や鑑定人など、当該事件に関して参考になる情報や専門的知識を有している第三者を指す。このような参考人から話を聞いたときには、警察官は供述調書にまとめなければならない。

「それは温井隆矢に関する被疑事実を証明できるようなものなのですか」

真冬は身を乗り出した。

「証明できるものではないですが、隆矢の嫌疑を濃厚とするものです。その証拠隠滅を知って、受けとったSDの内容を見て、これは破壊されるのではないかと心配になったんです」

顔をしかめて、片桐は言った。

「そのコピーSDは現在も手元に持っているのですか」

真冬は内心でドキドキしながら訊いた。

「はい、大切に保管してあります。捨てることなどできません」

片桐ははっきりと答えた。

「見せてもらえますか」

真冬は身を乗り出した。

「はい、お待ちください」

ソファから立ち上がると、片桐は執務机に向かった。

机上のノートＰＣを起動させて、机のいちばん上の引き出しの鍵を開けた。

引き出しから一枚のＳＤカードを取り出すと、ＰＣのスロットに差し込んでタッチパッドを操作させた。

「準備ができました」

真冬と遊佐は片桐の背後に立ち、左右からＰＣのディスプレイを覗き込んだ。

動画再生ソフトが一次停止状態になっていた。

あたりは西陽に照らされたオレンジ色の世界だった。

「あ……ここは」

思わず真冬はつぶやいた。

朝見た「イルカとのふれあいビーチ」と書いてある看板が左手に立つ駐車場が映っている。

駐車場の奥のほうに黄色い軽バンが停まっていて車内に人の姿が見える。

「あのワゴンRが、向井さんたちのクルマだ」

遊佐が断言した。

「コピーから証拠になり得る部分だけ切り取って、さらにコピーしたものです」

片桐はタッチパッドをタップした。

動画がスタートした。

夕映えに染まる空のもと、画面左手からスタイルのいい若い女性がゆっくりと現れた。

白いダウンジャケットに黒い防寒パンツを穿《は》いて、白いニットキャップをかぶっている。

うつむき加減だったが、パッと顔を上げた。

「止めてください」

真冬の言葉に、片桐はタッチパッドをタップした。

動画は一時停止した。

「拡大してみますね」

片桐がピンチすると、女性の顔が画面いっぱいにひろがった。

「平田友梨亜だ……」

画面を食い入るように見つめていた遊佐がつぶやいた。

「間違いないですね」

かすれた声で真冬は言った。

解像度はそれほど高くはないが、写真で見た友梨亜であることがはっきりとわかった。

友梨亜と思しき女性は看板の下に立ってスマホを取り出し、どこかに電話を掛けた。

「迎えに来る人間に到着したことを連絡しているのでしょうね」

真冬の声は思わず高くなった。

「たぶん、そうだろう。時間は午後五時二五分だ。向井さんたちの証言と合致する」

画面の右下に「2020／12／14　17：25」と白い文字が浮き出ている。

「そうなんです。証言が正しいことを裏づける物的証拠です」

片桐の自信ありげな声が響いた。

「これはきわめて重要な証拠だ。よくコピーしておいてくれたな」

遊佐は重々しい声で言った。

「わたしも初めてこれを見たときには心臓がドキドキしましたよ。さらに続きがあるんです」

片桐はふたたびタッチパッドをタップした。

動画が何倍速かで早送りされた。

停止画面になった。平田友梨亜は所在なげに画面左端の看板の横に立っている。

向井さんたちの黄色いワゴンRは消えていた。証言通りに立ち去ったものと思われる。

時刻は「2020／12／14　17：38」と表示されていた。

動画が再開された。

「見ててください」

片桐は画面を指さした。

「おおっ、これは」

遊佐が叫び声を上げた。

真冬は息を呑んだ。

友梨亜が手を振っている。

すぐに画面の右端から黒いミニバンが現れた。

ミニバンは画面の左端に消え、しばらくすると鼻先を反対側に向けて停まった。

「惜しい」

遊佐は大きく舌打ちした。

「あとちょっとなのに……」

真冬も歯噛みした。

映っているのはボンネットの部分までだった。

キャビンが見えない。すなわち運転手の姿も見ることはできない。

友梨亜が嬉しそうな顔で小走りに近づいてボディの陰に消えた。

ミニバンはすぐに動き出し、画面を横切った。

ほんの一瞬だけサイドウィンドウが映った。

だが、真冬には運転者の顔はまったく確認できなかった。

海に沈む直前の西陽がサイドウィンドウに反射しているからだ。

あっという間にミニバンは画面の右端に消えた。

「これで終わりです」

静かな声で片桐が言った。

「片桐さん、スローモーションで再生できますか?」

期待を込めて真冬は訊いた。

「わたしも何度も見たのですが、誰が運転しているかは確認できません」

冴えない顔で片桐は答えた。

それでも片桐はタッチパッドを操作してくれた。

ゆっくりとミニバンが動いている。

だが、スロー再生でも運転者の顔は確認できなかった。

「目の前を横切るどこかで画像を停止して、サイドウィンドウを拡大して見せてください」

画面が拡大された。

だが、ガラスの反射も拡大されただけだった。

黒い服を着た運転者がぼんやり見えるだけだった。

「友梨亜さんを誰かが迎えに来たことは証明されました。だけど、その人物が誰なのかはわかりませんでしたね」

真冬は元気なく言った。

「はい、残念ながら……」

片桐は冴えない顔であごを引いた。

「おまけに画面の外でUターンするとはな……」

悔しげな声で遊佐は言った。

画面内のUターンであれば、ドライバーの顔は無理としてもナンバープレートの数字は記録されていたかもしれない。

カメラがもう少し左に向いていたら、あるいは三六〇度の周囲を映せるタイプだったら……。

悔やまれるが、狩野さんのドライブレコーダーは友梨亜やミニバンを映そうと稼働していたわけではない。

エンジン停止後も動いているのは、自分のクルマを盗む者やイタズラする者を記録するためだ。友梨亜やミニバンは偶然映り込んだに過ぎない。

「この動画の証拠能力は友梨亜さんが事件当日の五時二五分には能登島の駐車場にいたこと、三八分に誰かがクルマで迎えに来たことのふたつだ」

遊佐は落ち着いた声で言った。

「でも、迎えに来た人はわかりませんよね」

真冬は気落ちした声で言った。

「証拠能力はないが、捜査はおおいに進展する。このクルマはトヨタのアルファードだ。温井隆矢の所有していると思われる車種なんだ」

遊佐は真冬を見て明るい声で言った。

「本当ですか」

真冬の声は裏返った。

「そうとも、捜査開始直後に香林坊の音楽スタジオで聞き込みをした。その駐車場に黒いアルファードが停まっていた。動画のアルファードが隆矢のクルマである可能性は高い」

遊佐の声は弾んでいた。

「ああ、音楽関係は楽器を運ぶのにミニバンや軽ワゴンを使うことが多いですからね」

片桐は納得したようにうなずいた。

「特定はできない。だが、俺の勘だけでなく、客観的に温井隆矢は重要参考人から限りなく被疑者に近づいたと言える」

張りのある声で遊佐は言った。

ナンバーがわかれば、捜査の必要がある場合には所有者の照会は電話一本で可能だ。だが、温井隆矢の所有する自動車を特定するのは面倒なことに違いない。

「クルマや別荘の捜索差押許可状は取れないのでしょうか」

真冬は遊佐の目を見て訊いた。

「友梨亜と一緒に能登島にいたというレベルではまだ捜査本部は動かないだろう。令状請求は認められまい。なにせ、捜査本部内に怪しい動きをしている者がいるんだ。捜査本部の動きは消極的に違いない」

渋い顔で遊佐は答えた。

「無理ですか」

真冬は肩を落とした。

「片桐さん、ＳＤの映像の抽出部分をわたしのスマホに送ってもらえませんか」

気を取り直して真冬は頼んだ。

「では、こちらに空メールをください」

片桐はメモ帳にささっと手書きしたメモを渡した。書いてあるのは個人メアドのようだ。

真冬はメアドを手打ちで入力して空メールを送信した。

すぐに返信メールが届いた。添付ファイルをタップすると動画が再生され始めた。

「ありがとうございました。問題なく見られます」

真冬が頭を下げると、片桐はにこっと笑った。

「ところで、片桐。いい加減に供述調書を差し替えたのが誰なのかを話さないか」

遊佐は片桐を見据えて言った。

「でも……」

片桐の顔にはまだ迷いがありありと浮かんでいた。

「なにをビビってんだ。こっちには警視監がついてんだぞ」

力強い遊佐の声が響いた。

「わかりました」

片桐は低い声でうなずいた。

「そこは遠いから、こっちに座れ」

遊佐が言うと、片桐は素直にソファの対面に座った。

「捜一に福田盛夫《ふくだもりお》っていう巡査部長がいたでしょう」

片桐は遊佐の目を見て口を開いた。

「五〇歳くらいで太った男だな。髪が薄い……たしか、今年の三月末に退職したな」

遊佐はうなずいた。

「福田が差し替えの実行犯です」

暗い声で片桐は言った。

「そうか、あいつか……」

苦しげに遊佐は言った。

「同じ部署なんですよね」

真冬の言葉に遊佐は大きく顔をしかめた。

「残念ながら、同じ捜一の捜査員だった。係が違うのでそれほど親しくはないが……片桐、続けてくれ」

「福田と輪島中央署の地域課の若い巡査が、金沢市内の聞き込みに出て摑《つか》んだネタがあるんです」

刑事と地域課員が組むことは珍しいが、大がかりな捜査本部ではないわけではない。

「そう言や、捜査本部《チョウバ》が立った頃には、地域課の応援がいたな」

遊佐は思い出すような表情で答えた。

「はい、開設時に輪島中央署は一五人出せって命令でした。強行犯は五人全員が出ましたけど、刑事課から一五人も出したら機能しなくなります。そこで地域課や警備課からも人数を出しました。捜査経験のない地域課の巡査なんて捜一のベテラン刑事と組ませたら道案内に使われますよ」

「でも、あのときは仕方なかったな。で、どんなネタなんだ?」

遊佐は片桐の顔を覗き込むようにして訊いた。

「温井隆矢の学生時代の後輩で長岡忠司《ながおかただし》って男がいます。二四歳で輪島市在住です。

輪島港の近くでカフェをやっています。この長岡がカフェのアルバイトの女性に、事件当夜、能登島に行くって話をしてたんです。閉店は午後八時なのに、午後六時半には店を閉める。だから早上がりしていいって。アルバイトの女性が証言しています」

片桐は眉間にしわを寄せた。

「そりゃあ大ネタじゃないか。長岡が従犯かもしれない」

遊佐が大きな声を出したので、片桐は反射的に身を引いた。

「たしかに……」

真冬もまた驚いた。

「だが、俺はいま初めて聞いたぞ。捜査会議にそんな話が出てたはずはない」

眉を吊り上げて遊佐は言った。

こんな話を捜査本部は知らなかったというのか。

「何者かが福田を使ってこのネタを握りつぶしたんですよ」

片桐は眉根を寄せた。

「おまえはなんでそのネタを知ってるんだ」

食ってかかるような遊佐の態度に、片桐は一瞬目をつぶった。

「いや、わたしはその地域課の巡査から聞いたんですよ。彼はまだ若いし、このネタがどんなに重要かわかっていなかったんです。ただ単にそんな話があったって言ってただけでした。まぁ、捜査会議で能登島の目撃者の話が共有される前ですからね」

言い訳するように片桐は言った。

地域課員が活動服を私服に着替えただけで刑事になれるわけではないのだ。

「なるほどそういうことか」

遊佐は腕組みしてうなずいた。

「わたしはその話を福田に確かめたかったんですが、その前に捜査本部の書類トレーにあった供述調書をこっそり差し替えているのを見てしまったんです。差し替えられた調書には『能登島』となっているべき部分が『金沢のスタジオ』と書き換えられていました」

真冬は息を呑んだ。あきらかに隠蔽工作だ。

「聞き込みの内容はすべて供述調書に残すからな」

遊佐は低くうなった。

「はい、福田自身が録取した調書を捜査本部に上げる前に差し替えたのです」

「誰の差し金だ？」

遊佐は厳しい目つきで訊いた。

真冬は耳をそばだてた。

「わかりません。いずれにしても捜査幹部かそれに近い立場の人間が黒幕だと思います」

片桐の言葉は正しかろう。福田という巡査部長の単独犯とは考えにくい。

事件の全体像がわかっている人間の指示である可能性が高い。

「福田は警察を辞めたな」

考え深げに遊佐は言った。

「ええ、たしか東京の警備会社に部長待遇で入社したという話ですね」

片桐はあいまいな顔でうなずいた。

「差し替えの報酬か……」

遊佐はぽつりと言った。

「わたしはそう解釈しました。ということはなにか大きな力が働いているわけです」

片桐は身震いした。

駐在所に入ったときに比べて、片桐にはずいぶんと余裕が出てきたようだ。

「福田に話を聞かなきゃならんな」

遊佐は鼻から大きく息を吐いた。

「その福田という人の勤め先の警備会社の名前はわかりますか」

真冬は片桐に向かって訊いた。

「西東京警備保障という会社です。たしか保谷《ほうや》駅前に会社があるはずです」

片桐は迷いなく答えた。

「東京にいるわたしの部下に調べさせます。差し替えの事実は後回しにして、とりあえず福田という男について聞いてみます」

今川から警視庁刑事部を動かしてもらおう。

「それは助かる。東京を往復する時間と経費が節約できる」

遊佐は軽く頭を下げて言葉を継いだ。

「……だが、間違いなく福田は黒幕に注進するな」

真冬も同じことを考えていた。

「やはりそう思いますか。でも、揺さぶりを掛けてみるのも悪くないと思います」

揺さぶりを掛けることが大きな効果を生むと真冬は確信していた。

「たしかにそうだ。黒幕がバタバタ動き回ればそれだけ尻尾が摑みやすくなる。隆矢に王手を掛けやすくなる」

口もとに笑みを浮かべて遊佐は言った。

「では、部下に連絡します。ちょっと待っててください」

真冬はスマホを手に取った。

「お疲れさまです。どうですか？」

すぐに今川の明るい声が響いた。

「詳しくは今夜連絡を入れるけど、とりあえず頼みたいことがあるの」

今日の調査は著しく進展した。明智審議官と今川のふたりには詳しく伝えなければならない。

「すぐに輪島に駆けつけますよ」

弾んだ声で今川は言った。

「いま珠洲にいるんだ」

間髪を容れずに今川は答えた。

「珠洲ですか、能登半島の突端ですね。羽田を三時五五分発のＡＮＡ７４９便に間に合います。そちらには一時間後に到着します。能登のどこへでも行きますよ」

ウキウキした今川の声が響いた。

ＰＣで検索したのだろうか。それにしても素早い。

「そうじゃないの。東京でやってもらいたいことがあるんだよ」

諭《さと》すような声で真冬は言った。

「ああ、そうですか」

掌を返すように冷めた声で今川は答えた。

「保谷駅前に西東京警備保障という会社があるの……」

真冬は福田に関する件だけをていねいに説明して、聞き込みの内容についての確認をするように頼んだ。

「事件の全体像がわかりませんが、仰せつけの通り警視庁に調べてもらいます」

「なにかわかったら、連絡ちょうだい」

「了解です。これから調査も山場のようですから、風邪なんか引かないように、身体には気をつけてください」

思いやりある今川の言葉が嬉しかった。

「ありがとう。たまには美味しいもの食べてね」

「はい、今夜は帝国ホテルでディナーします。では」

警察庁と帝国ホテル東京は直線距離で六〇〇メートルほどしかないが、冗談に決まっていた。

真冬は電話を切ると、遊佐と片桐に向かって言った。

「警視庁に捜査協力してもらいます。きっとなにか出てきますよ」

「警視監の力はさすがだな……」

片桐は瞬きを繰り返している。

電話一本で警視庁が捜査協力に応じてくれるとは信じられないのだろう。

「おまえは福田の件があったから、駐在所勤務を希望したんだな」

遊佐は話題を変えた。

「そうです。大きな黒い影が捜査本部を覆っていることに気づいたからです。たとえばわたしも上のほうから証拠隠滅などを指示されるかもしれません。断ったら、どんな仕打ちを受けることやら……かといって警察官でいる以上は犯罪に手を染めるわけにはいきません。だけど不正を暴くなんてことが一介の所轄の刑事にできるわけはありません。だから、おかしな命令を受ける前に捜査本部から逃げ出したというわけです」

肩をすぼめて片桐は答えた。

「片桐さんは正しいです」

きっぱりと真冬は言い切った。

真冬は片桐というひとりの警察官を尊敬した。

そんな事態は訪れないと思うが、もし同じような状況に置かれたら真冬なら警察庁をやめてしまうに違いない。

「わたしは臆病だから逃げ出しただけです。本当なら黒い霧を晴らすために努力すべきでしょう。でも、下手をすればクビです。なにかの冤罪《えんざい》をかぶせられるとかもっと悲惨な事態になるかもしれません。わたしには愛する娘と妻がいます。家族を悲しい目に遭わせるわけにはいきません。わたしは臆病なだけだったんです」

しょげた顔で片桐は言った。

「いいんだよ、恥じることはない。警察は絶対的な階級社会だ。黒幕はきっと上層部に違いない。おまえや俺が立ち向かえる相手じゃないよ。俺は片桐がひとりの警察官としていまもきちんと務めてくれていることが嬉しい」

遊佐はにこやかに言った。

「遊佐主任にそう言って頂けて、これからの仕事に張り合いが出ました」

頬をわずかに紅潮させて片桐は嬉しそうに微笑んだ。

真冬も穏やかな気持ちになっていた。

「さてと、朝倉さん。これからどうするね？」

のんきな口調で遊佐は言った。

問題が山積みなのはわかっているはずだが、遊佐はいつもどこか泰然《たいぜん》自若《じじゃく》としている。

一緒に行動していて、遊佐のキャラクターはとてもありがたい。

「長岡って人に話を聞きたいです」

言葉に力を込めて真冬は言った。

ここはどうしても長岡に会わねばならない。

「輪島港近くのカフェを襲撃するか」

楽しそうに遊佐は答えた。

「あそこなら《カフェ・のとリーナ》って店です。ネットに載ってます」

片桐が説明してくれた。

「なんじゃそのネーミングは……」

あきれ顔で遊佐は言った。

たしかにあまりいいネーミングとは思えない。

「その前にメシだな。輪島港までは一時間は掛かる……どうするかな」

遊佐は思案顔になった。

真冬もお腹は空いていた。もう一二時半を過ぎている。ホテルの朝食バイキングはとっくに消化してしまったような気がする。

「禄剛崎の道の駅のちょっと先に狼煙亭《のろしてい》って海鮮料理の店があるんです。そこは安くてうまいです」

笑顔で片桐は言った。

「岬まで四キロだったな」

「ええ、目の前の道は県道二八号奥能登絶景街道って言うんです。これを進んでもらって、灯台分岐を通り越して海にぶつかったあたりにあります。すぐわかりますよ。五分くらいで着きます」

「では、そこに行ってから輪島に戻るよ」

遊佐は立ち上がった。

真冬たちがクルマに戻ると、片桐はわざわざ見送ってくれた。

「主任、また遊びに来てください。朝倉警視もぜひ」

窓の外から片桐はにこやかに微笑んだ。

「おう、今度は一杯やろうや」

遊佐は片桐の肩をぽんと叩いた。

「奥さまとお嬢さまによろしくお伝えください」

真冬の言葉に片桐はにこやかにうなずいた。

ふたりを乗せたクルマは禄剛崎に向かって走り始めた。

いつまでも片桐はクルマに向かって手を振り続けていた。

4

片桐が紹介してくれた《狼煙亭》で香箱ガニのカニ丼を堪能した後、真冬たちは曽々木海岸に立ち寄った。

「静かな海ですね」

真冬は惚《ほ》れ惚《ほ》れとした声を出した。

青い海に陽光が銀色の輝きを見せている。波の花は少しも見られない。この程度の風や波では生まれないもののようだ。昨日の朝はラッキーだったのだ。

「今日は海もおだやかだが、ここは鴨ヶ浦と並ぶ波の花の名所なんだよ」

遊佐は目を細めて海を見つめている。

「そうだ……」

おだやかな景色を眺めているうちに真冬の頭に火花が散った。

こころのなかに波の花が舞っていた鴨ヶ浦が思い浮かんだのだ。

「平田友梨亜さんの司法解剖を行った医師の名前はわかりますか？」

真冬はちょっと興奮した声で訊いた。

「ああわかるよ」

奇妙な顔をして遊佐はポケットから手帳を取り出して確認した。

「金沢市にある北陸医科大学医学部法医学教室の末永六弘《すえながむつひろ》教授という医師だ。番号はこれだ」

遊佐は手帳の一ページに走り書きして破ってから真冬に渡した。

「ありがとうございます。ちょっと警察庁に電話を掛けさせてください」

真冬の言葉に遊佐は手まねでOKと答えた。

ちょっと離れてスマホを取り出すと、今川の番号をタップした。

「どうしました？　いくら優秀な僕でも、さすがにまだ手配できていませんよ」

今川は笑い混じりに言った。

「あはは、別件でお願いしたいことが出てきたの」

「まだANA749便には間に合いますよ」

今回は単なる冗談だろう。羽田までタクシーを飛ばせば不可能ではないだろうが……。

「ごめんね、違うの。北陸医科大学医学部法医学教室の末永六弘教授に連絡してほしいんだ」

「どんな用件でしょう」

けげんな声で今川は訊いた。

「今年の二月に鴨ヶ浦で起きた殺人事件の被害者、平田友梨亜さんの司法解剖をご担当なさったと思います。その所見について警察庁からお尋ねしたいことがあります。こう頼んでくれる？」

「あ、そういうことですか」

今川は呑み込みが早い。

「それで、わたしの携帯番号から連絡すると伝えて。わたしがいきなり電話しても相手にしてもらえないでしょ」

「わかりました。段取りがついたら、こちらからお電話しますね」

今川は頼もしく答えた。

「お待たせしました」

「さぁ、参考人に会いに行こう」

真冬が戻ると、すぐにクルマは輪島に向かって走り始めた。

平家落人伝説が残る時国家《ときくにけ》（本家上時国家）の看板が現れた。左手の山に囲まれたところにあるらしい。

やがて昨日、立ち寄った白米の千枚田が現れた。ここからは昨日と同じ経路を戻ることになる。

投宿している輪島港近くのホテルの前に着いたときには、午後二時をまわっていた。

ホテルを過ぎてすぐの交差点を左に曲がった。錦川通りを海とは反対の方向に少し進んだ右側に《カフェ・のとリーナ》はあった。

有名な輪島朝市が開かれる朝市通りの入口近くだった。

黒い瓦屋根に焦げ茶色の羽目板壁という民芸風のシックな造りのこぢんまりとしたカフェで、まわりの店舗などの街並みにも似合っていた。難があるのは店名くらいだろうか。

「あれ、お休みみたいですよ」

店の灯りは消えている。

「ランチが終わってディナータイムまで休みなのか……」

遊佐はぼんやりと言った。

「アイドルタイムですもんね。ちょっと見てきます」

真冬は通りを渡って店の前に走った。

灯りが消えているだけではなく、店内には人気がなかった。

「歩道に出ているスタンド看板には午前一一時から午後八時の営業時間が記してある。

定休日は木曜日だ。

「今日は臨時休業なのかもしれません」

クルマに戻って遊佐に告げるとちょっと顔を曇らせた。が、すぐに明るい顔でスマホを取り出して言った。

「ま、いい。片桐に電話して長岡の自宅の住所を聞き出す。どうせ輪島市内だ」

短い通話のあとに電話を切った。

「輪島市でもかなり西だな。大沢《おおさわ》という地区だ。ここからおよそ一三キロだな。二〇分くらいは掛かるよ。だが、眺めがいい海岸線を走るから、楽しんで乗っててくれ」

真冬はスマホのマップを見た。

あらためて輪島市の広さを感ずる。能登半島北部の外浦の海岸線は突端は珠洲市だが残りは輪島市域になる。金沢市の海岸線とは比べられないほど長く、四〇キロは軽く超える。霞が関からの直線距離でいったら、千葉市やさいたま市よりずっと遠く横須賀市に入ってしまうくらいの距離だ。

いろは橋という赤い鉄橋で河原田川を渡る。

この上流の六〇〇メートル地点が、父の銃撃された場所だ。

駐車場は見えなかったが、左の車窓遠くに輪島市役所の白い建物が浮かんで真冬は一瞬身体をこわばらせた。

市街地を抜けると右手に海がひろがった。

真っ青な海はやはり気持ちがいい。

今日は奇跡のように天気がよい。

真冬が自分の運のよさを感じているとスマホが振動した。今川からの着信だ。

「お疲れさまです。末永教授と連絡がつきました。四時一〇分から講義があるので、それまでの時間に電話がほしいそうです」

「ありがとう。また、夜に電話するね」

「はい、お待ちしています」

電話を切った真冬は遊佐に頼んだ。

「ちょっとややこしい電話をしたいのですが……」

「この先すぐのところにゾウゾウ鼻って名勝があるからそこの駐車場にクルマを入れるよ」

遊佐はあごを進行方向に突き出して言った。

ゾウゾウ鼻の駐車場は思ったより広く、ふたつも展望台があった。

ほかにはゼネコンの名前の入った白いライトバンが停まっているだけだった。

ライトバンのなかではワイシャツにネクタイの男が昼寝をしていた。

いまさらながらに遊佐がこの地味なクルマを選んでいる理由がわかった。

白いライトバンは捜査車両にも営業車にも見える。事件の現場でも聞き込み先でも目立たず、誰の記憶にも残りにくいのだ。

「俺は展望台から海を見てるよ」

会話を聞かないように気遣ったのか、さらりと言った。

聞かれて困るような内容ではないが、真冬は笑顔でうなずいた。

駐車場の端で遊佐からもらったメモを見ながら番号をタップした。

「はい、末永です」

意外と若々しい声が響いた。

「お忙しいところすみません。わたくし警察庁長官官房の朝倉真冬と申します」

「ああ、今川さんという部下の方から電話がありましたよ。警察庁の方からの電話は初めてですね。どんなご用件でしょうか」

「実はわたくし、今年二月一五日に輪島市の鴨ヶ浦で遺体が発見された事件を、石川県警の捜査とは別に調査しております」

「あの事件はまだ解決してないんですよね」

「はい、残念ながら」

「で、僕になにをお訊きになりたいんですか」

「先生が解剖された結果でなにか気になることはありませんでしたか」

「自殺を疑っているのならあり得ません。死因は海水による窒息死。溺死ですね。で、あの遺体にはあごや鎖骨付近に明瞭な挫傷や打撲痕がありました。犯人に背後から押さえつけられて溺死したというわけです。なので自分で海に入ったことは考えられないです」

「海水で溺死したことは間違いないのですね？」

「はい、遺体の肺からは相当量の海水が検出されています。もし死んでから海水に遺棄された死体の場合、肺から海水が検出されることはありません。溺死する際には苦しいので誰でも海水を飲み込んでしまうんです」

ここまでは真冬が聞いている状況を裏づけるものだった。

「では、不自然な点はなにひとつないんですね」

一瞬、沈黙があった。

「これは僕の研究者としての興味なんで、解剖所見には書いていません。警察の方にもお話ししてないんですが……」

真冬は背中がゾクッとした。

「ぜひ、お教えください」

スマホを手にしたまま、身を乗り出すようにして真冬は頼んだ。

「被害者が発見された場所は鴨ヶ浦の入江と聞いています。発見時は大量の波の花が発生したとも……」

「おっしゃるとおりです」

「朝倉さんはアフロディテを知っていますよね？」

末永教授は予想もしないことを訊いてきた。

真冬の頭は混乱した。なぜいきなり女神の名前が出てくるのだ。

「はい……ローマ神話ではヴィーナスですね」

真冬はギリシャやローマ神話については通り一辺倒のことしか知らない。

「そう、愛と美の女神、金星の女神です。アフロディテは海の泡のなかで育《はぐく》まれ、生まれたとされています。たとえば、フランス象徴主義の画家ギュスターヴ・モローが描いた『アフロディテ』という水彩画は、生まれたばかりのアフロディテが泡のなかに立っています」

楽しそうに末永教授は言った。

「有名な『ヴィーナスの誕生』には泡は描かれていなかったと思いますけど……」

真冬はとまどいながら言った。

誕生と言いながら、成熟した美女の姿を描いたルネサンス期の作品のはずだ。

シャコ貝かホタテ貝か、そんな二枚貝に立っている姿だった。

それにしても、自分はいったいなんの話をしているのだろう。

「そう、残念ながらヴィーナスを描いた西洋絵画でいちばん有名なサンドロ・ボッテイチェッリは泡は描いていない。実はね、この泡は波の花なんですよ」

さらりと末永教授は言った。

「本当ですか」

さすがに驚いた。こんな風に話がつながるとは思いもしなかった。

「僕はね、一時期、輪島市の病院に勤めていたんで波の花は何度も見たことがある。すごく関心があったんですよ。で、ちょうど都合よく波の花の海に頭部を突っ込まれてなくなった遺体がまわってきた。がぜん興味が出てきてね」

「はぁ……」

「これはチャンスだと思いましてね」

「と、おっしゃいますと？」

冷静な話し方をするこの教授は、どこかが変だ。

「波の花の泡には通常の海水には決して多くはない有機物、ことに植物プランクトンが多く含まれています。ある研究では十数種類のケイソウ類の体内滲出物質が発見されています。これが波の花がすぐに消えない理由なんですよ。つまりね、そうして海水を飲まされた遺体の肺のなかから波の花の主成分が検出できないかと気になったんですよ」

「なるほど」

これは真冬も気になる。

「法医学教室にある検査機器や試薬では、調べることは不可能だ。そこで僕は肺の検体の一部を山形理科大学で生物海洋学を研究している友人に送って調べてもらったんです。あちらには機器も試薬もそろってますからね」

「結果はどうだったんですか？」

「ケイソウ類はほとんど検出できませんでした」

真冬の胸は躍った。

「それは被害者の平田友梨亜さんが、別の場所で殺されたということなのでしょうか」

期待しつつ真冬は訊いた。

「そうか、そう言うこともあり得るか……」

独り言のように末永教授は言ってから一呼吸置いて言葉を継いだ。

「そこまでは考えませんでした」

それでも食い下がって訊いた。

「肺のなかから波の花の成分が検出されなかったことを警察には伝えましたか」

末永教授は口を尖らせた。

「無茶ですよ。たとえば肺のなかに石けんの成分があれば風呂などで殺された可能性もかなり高いです。しかし、今回のケースでは単に海水があっただけなんですから。解剖医としてケイソウ類が検出できなかったことを、わざわざ報告する必要はありません。解剖医として余計なことですし、捜査に混乱を招くことになりかねない。あくまでも僕の個人的な研究です。また、いまの段階ではなんらかの結論を得たものではないのです」

真冬はがっかりした。

「あの……先生は、いまの献体分析結果から、平田友梨亜さんが鴨ヶ浦ではなく、ほかの場所で殺害されたという証明はできるでしょうか」

当然ながら、箱名入江を視野に入れた質問だった。

「いや、無理ですね。同じような条件が必要です。頭部を鴨ヶ浦などの波の花の浮かぶ海水に突っ込まれて死亡した遺体との比較研究をしてみなければ……それも何体も比較しなければ統計を取れません。証明などできるものではありません」

　末永教授はあっさりと否定した。

「同じ条件の肺があればなぁ」

　悔しげに末永教授は言った。

　やはり、この人は変だ。が、驚いている場合ではない。

「では、平田友梨亜さんが鴨ヶ浦で殺害されたとは断定できないという証明ならいかがでしょうか」

　立件手続きのなかではじゅうぶんな証拠とは言い難い。だが、捜査本部を動かすことは可能だろう。

「参考意見としては書けますよ。あの遺体が鴨ヶ浦の海水で溺死したかどうかは証明できないという内容ならね」

　ありがたい……。

「大変に恐縮ですが、その内容の意見書を書いて頂けませんでしょうか」

　真冬はスマホを手にしたまま、頭を下げていた。

「いいですよ。どうせ大して時間は掛からないし、その意見書でこのテーマの研究が盛んになれば楽しいからね」

　末永教授は気安い調子で引き受けてくれた。

「ぜひ、一筆お願い致します。お手数ですが、データ化して長官官房の今川真人《いまがわまさと》警部にお送りくださいませんか？」

　言葉通りに、腰を低くして真冬は頼んだ。

「メールアドレスはもらっています。七限の講義が終わったらすぐに手をつけましょう。幸い今日は解剖は入っていないから」

　のんきな調子で末永教授は言った。

「心より感謝申しあげます」

　ちょっと変なところがあるが、末永教授が気さくな人物であったことを真冬は感謝した。

「いや、こちらこそ興味深い話をありがとう。波の花の入江は美女が生まれるところで、死ぬ場所じゃないからね。では、失礼」

　奇妙な声で笑って、末永教授は電話を切った。

　真冬は今川に電話して末永教授に意見書を書いてもらえることになったことと、それをメールで送ってくれるよう依頼した話をした。

さらに明智審議官にも電話を入れて現在の状況を説明した。

「……そんなわけで、少しずつ情報が集まっていますが、決め手となるものに欠けています」

「そのまま遊佐警部補の捜査をサポートするように」

明智審議官はいつものような感情のこもらない声で答えた。

「捜査本部に乗り込むタイミングについてはご判断を仰いだほうがよろしいでしょうか」

「朝倉の判断にまかせる」

相変わらず平静な口調で明智審議官は言った。

「了解しました」

明智審議官は無言で電話を切った。

真冬は遊佐が立つ展望台に上がっていった。

すでにゼネコンのバンは姿を消していた。

「ほら、あれがゾウゾウ鼻だよ」

遊佐は真下の岩塊を指さした。

青い海に白っぽい変わったかたちの岩が浮かんでいる。ゾウに似ているかどうかはべつとして、断崖の景色は壮観だった。

「能登半島には奇岩が多いですね」

「うん、多くは海蝕が作ったものだ。外浦はなにせ冬の間じゅう猛烈な季節風が吹き荒れるからね。用は済んだのかな？」

おだやかな声で遊佐は訊いた。

「法医学教室の末永先生が『平田友梨亜さんが鴨ヶ浦で殺害されたとは断定できない』という内容の意見書を書いてくださることになりました」

「それはどういう理由なんだい？」

遊佐は身を乗り出した。

真冬はいまの末永教授との会話をかいつまんで話した。アフロディテの話は除いて……。

「裁判ではどうだか知らないが、そいつは捜査本部を動かす大きな力になるぞ。捜一課長や管理官が無視するとは思えん」

元気いっぱいに遊佐は言った。

「わたしもそう思っています」

真冬はにこやかにうなずいた。

「すべての資料はそろわないが、そろそろ捜査本部に斬りこむか。逮捕じゃない。一課長や管理官を動かすだけのことだ」

遊佐は自信ありげに言った。

「長岡忠司の反応次第でしょうか。もう少し材料がほしいですね」

正直言って真冬は捜査本部内の詳しい力関係はわからなかった。

「心配しなさんな。黒幕は逃がさないさ」

自信ありげに遊佐は言った。

「わたしは刑事としての遊佐さんを信頼しています」

この一歩を踏み出すタイミングは遊佐の判断にまかせようと思っていた。

遊佐は照れくさそうな顔でそっぽを向いた。

「よし、じゃあ、大沢に行くぞ」

張り切った声で遊佐はきびすを返した。

第四章　戦友

1

数分走ると、道路は県道とは思われないほど狭くなっていた。
丘を下ると右手に青い海がひろがり、ちいさな漁港が視界に入ってきた。
防波堤の赤灯台がぽつんと見え、左手には一〇艘ほどの漁船が停泊している。
漁船を上架するため傾斜したコンクリートの設備も見える。
漁港の背後には黒い屋根瓦が光る集落が見えていた。
集落の入口にある駐車場に遊佐はクルマを乗り入れた。
「ここから三〇〇メートルくらいのところだ」

遊佐はさっさと歩き始めた。

不思議な集落だった。

細い県道に沿って立ち並ぶ民家は一軒一軒が丈の高い竹垣でびっしりと覆われている。

家の入口は四角く開けてあるが、竹垣の内部は見ることができない。

閉鎖的にも見えるが、一方でとても落ち着ける景観だった。

「竹垣に囲まれた集落なんですね」

真冬はずらっと続く竹垣に目を奪われながら訊いた。

民芸品を作る店の看板も旅館の看板もすべて竹垣から突き出ている。

「間垣といってね。板張りのものは北陸地方全体にあるが、ここ大沢と隣の上大沢は苦竹という細い竹をタコ糸で固く結んで作る。全国的に見ても珍しいものだ」

スマホを覗き込んでいた遊佐はさらりと説明した。

「冬の強い季節風から家屋を守る工夫なのですね」

「そう。だから、非常にしっかり作られているそうだ。だが、夏場の強い陽ざしを防ぐ役目もあるんだ」

「日本の漁村という感じがします。素敵なところですね」

真冬は素直な感想を述べた。

いままで通ってきたどの場所よりも能登を感ずる集落だった。

「ほほう、大沢駐在所の裏とはな」

スマホから顔を上げて遊佐はかるい驚きの声をあげた。

すぐ横の間垣には「警察官駐在所　POLICE」と白い文字で書かれた緑色の看板が突き出ていた。石川県警のマスコット「いぬわし君」のイラストがこの里には似合わない。真冬が子どもの頃からイヌワシは石川県の県鳥になっている。

ほかには駐在所と判別できるようなものはなにもなかった。

駐在所の横の道を入ってゆくと何軒かの民家が並んでいた。

県道から一歩入ると、間垣が施されていないので建物は丸見えだった。

黒瓦に板張りのなつかしいような二階建ての民家が続いている。

「ここだ」

遊佐は声をひそめた。

隣近所とあまり変わらない作りのちいさな家だった。

すりガラスと茶色いアルミの引き戸の玄関に真冬たちは並んで立った。

屋内からテレビかなにかの音が聞こえてくる。

真冬と遊佐は顔を見合わせた。留守ではない。

「長岡さん」

遊佐は声を張り上げた。

反応はなかった。

「長岡さん、お留守ですか」

ふたたび叫ぶと、引き戸がガラリと開いた。

「なんですか」

つっけんどんな声が響いた。

体格のいい二〇代なかばの背の高い男だ。

四角い顔にぎょろりとした目が特徴的だ。

茶髪をツーブロックのベリーショートにして、オリーブドラブ色のセーターを着ている。

玄関部分にはストーブの灯油の臭いが漂っている。

テレビは消してきたらしい。

「長岡忠司さんですね？」

遊佐はゆったりとした声で訊いた。

「そうですが、あんたたちは？」

長岡はうさん臭げに真冬たちを交互に見た。

「警察です」

遊佐はさっと警察手帳を取り出して提示した。真冬の目から見ても合格と思われるしっかりした提示だった。

仕方なく真冬も警察手帳を提示したが、遊佐と同じタイミングで引っ込めてしまった。

警察庁警視という部分を読み取られたくなかったからだが、自分のほうが不合格かもしれない。

「警察が何の用ですか」

憮然《ぶぜん》とした表情で長岡は訊いた。

虚勢を張っている。そう真冬は感じた。

長岡の足は細かく震えていた。

「ある事件について長岡さんが知ってることを訊きたいんですよ」

のんびりとした口調で遊佐は言った。

落ち着きなく長岡はまわりを見まわした。

数軒先の民家の玄関先に老女と中年の女性が立ち話をしている。

「ちょっと入ってもらえませんか」

歓迎してないことは長岡の表情から明らかだった。

このような戸数も少ない漁村で、刑事が訪れたことを近所の人間に知られたくないのはあたりまえだ。

長岡は真冬たちを玄関から引き入れたが、部屋に入れようとはしなかった。

「で、なにを訊きたいんですか？」

強い口調で長岡は訊いた。

「さっき、輪島港のお店に行ったんですが、お休みですね。定休日じゃないんですよね」

遊佐はあまり重要とは思われないことから切り出した。

「ちょっとね……都合があって今月は閉めています」

気まずそうに長岡は答えた。

「いつから開ける予定ですか」

「年明けには……開けたいです」

自信なさげに長岡は答えた。

「失礼ですが、経営状態の問題ですか」

「そんなことに答えなければならないんですか」

怒りのこもった長岡の声だった。

「無理にとは言いません」

遊佐はあっさりと引き下がった。

「去年の五月に始めたんですが、この秋以降、客足が鈍くて……」

冴えない声で長岡は答えた。

「資金援助してくれる人はいないんですかね」

思いも掛けぬことを遊佐は訊いた。

「そんなの関係ないでしょう」

はっきりとした怒りの声だった。

「ああ、けっこうです」

手を軽く振って遊佐は言った。

遊佐は一呼吸置いて長岡をしっかりと見つめた。

「あなたは温井隆矢という男性を知っていますね？」

一転して遊佐は本題に入った。

長岡の顔色が悪くなった。

「親しいというか、大学時代の先輩ですからね」

言い訳するように長岡は答えた。

態度がおとなしくなっている。

隆矢の名前を出されてビビり始めたのだろうか。

「卒業後もつきあいはあったんですよね」

「まぁ、そうですね。僕の店にも来てくれてましたし……」

「つきあいは現在も続いていますか」

「ええ……まぁ……」

長岡は言葉を濁した。

「今年の二月中旬にふたりの刑事が、あなたに話を訊きに行きましたね」

遊佐はやわらかい口調を保ちつつ質問を開始した。

「はい、来ました。僕の店にね。だいたいあなた方もそうですが、刑事さんってのはアポなしで来るんですか」

不愉快そうに長岡は唇を歪めた。

長岡の問いは無視して遊佐は続けた。

「で、そのとき刑事があなたの二月一四日の行動を訊いたはずです。そしたらあなたはその日、アルバイトの女性に『金沢のスタジオに行くので午後六時半には店を閉める』と言ったという証言をしましたね。さらにはアルバイトを早帰りさせたのですね」

遊佐はギロリと長岡を見据えて訊いた。

「はぁ、そうだったと思います」

あいまいな口調で長岡は答えた。

「それはあなたの記憶に照らして正しいことですか。とくに『金沢のスタジオ』という行き先を確認したいんですが」

　遊佐は長岡の目を見据えたままで問いを重ねた。

「僕がウソをついていると言うんですか」

　長岡は青い顔で気色ばんだ。

　が、遊佐はこれも無視した。

「もう一度その事実を確認します。あなたは二月一四日の夜、金沢のスタジオに行くために午後六時半に店を早じまいしたのですか」

　遊佐は追及をやめなかった。

「なんのためにそんなことを訊くんですか」

　尖った声で長岡は訊いた。

「アルバイトの女性はねぇ、あなたが『能登島』に行くと言ってたって証言しているんですよ」

　皮肉な口調で遊佐は訊いた。

「え……」

　長岡の顔から血の気が引いた。

「あなたの行き先は能登島だったのではありませんか」

遊佐は長岡の目をしっかり見据えて訊いた。

長岡は顔を背けた。

「そう答えたことが記録にあるんでしょう」

ふて腐れたように長岡は口を尖らせた。

「つまりよく覚えていないということなんですか」

「一〇ヶ月も前のことをいまさら訊かれても覚えていませんよ」

長岡はイライラした口調で答えた。

真冬は内心で快哉《かいさい》を叫んだ。

長岡の発言は矛盾している。彼が共犯者である可能性はきわめて高くなった。

「ところで、あなたは平田友梨亜さんを知っていますね」

遊佐はいきなり不意打ちを掛けた。

「誰ですって？」

長岡は目を瞬いた。

「平田友梨亜さんです。今年の二月に市内鴨ヶ浦で遺体で発見された女性です」

冷静な口調で遊佐は捕捉した。

「そ、そうですね……」

いささか震え声で長岡は答えた。

「どうなんですか？」

強い口調で遊佐は訊いた。

「ええ、知っています。学生時代の後輩ですから」

気押されたように長岡は答えた。

「最近、会っていましたか」

「いいえ、もう三年くらい会っていません」

はっきりとした声で長岡は言った。

「では、別の質問をします。能登島の箱名入江にある隆矢さんの別荘には行ったことがありますか」

遊佐は長岡の目を見ながら、一語一語はっきりと発声して質問した。

「そうですね、三、四回は」

力なく長岡は答えた。

「今年はどうですか」

畳みかけるように遊佐は訊いた。

「えーと、そうですね……行ったような気がします」

長岡はあいまいに答えた。

「行ったんですか、行ってないんですか。はっきりしてください」

いらだったように遊佐は問うた。真冬はこのいらだちは演技だと感じた。

「行きました」

あきらめたように長岡は答えた。

「季節はいつですか」

「え？」

とまどいの顔で長岡は遊佐を見た。

「今年、別荘に行ったのはいつ頃の季節ですか」

遊佐は厳しい顔つきで訊いた。

「春とか夏とか……」

つぶやくように長岡は答えた。

「冬はどうですか？」

間髪を容《い》れず遊佐は訊いた。

「行ったような気がします」

長岡はあきらめ顔で答えた。

「申し訳ないんだけど、本署までご同行頂けないか」

とつぜん、遊佐は真冬が予想していなかったことを言い出した。

「なんだって！」

空気を震わせて長岡は叫んだ。

「もう少し話を詳しく訊きたいんだ」

ぞんざいな口調になって遊佐は言った。

「どうしてなんだよ」

長岡はつばを飛ばした。

「断るなら、また来るだけだけどね」

遊佐は平らかに言った。

「なんの話を訊きたいって言うんだ」

噛みつくように長岡は言った。

「長岡さん、自分の立場がわかっているのかい?」

皮肉な口調で遊佐は訊いた。

「意味がわからないよ」

ふくれっ面で長岡は答えた。

「すべてを正直に言えばいいものを……このまま行くと。あんた殺人の幇助《ほうじょ》で逮捕されるよ」

遊佐はしんみりとした口調で言った。

「俺がなにをしたって言うんだ」

強気だが、両足がガクガクと震えていまにも崩れ落ちそうだった。

「幇助は量刑相場はともかくね。刑法上は正犯と同じ扱いなんだよ。つまり刑法第一九九条が適用される。『人を殺した者は、死刑又は無期若しくは5年以上の懲役に処する』って条文だ」

突き放すように遊佐は言った。

真冬はドキドキした。そこまで言ってしまってもいいものだろうか。

「冗談言うな。俺はそんなことはやってない」

かすれた声で長岡はあらがった。

「君の言うことが本当なら、わたしと一緒に来なさい。しっかりと話を聞いてやるから」

頼もしい声で遊佐は言った。

「と、とにかく俺はそんなことはやってないんだ」

長岡は舌をもつれさせた。

「だから、一緒に来てくれ。これは任意だ。拒むのは君の自由だが、決して得にはならない」

諭すように遊佐は言った。

「わ、わかった。ちょっと服を着替えてくる」

長岡は建物の奥へと消えた。

「大丈夫ですか、まだ早いんじゃないんですか」

真冬はささやき声で訊いた。

「ヤツは真っ黒だよ。心配しなくていい」

しっかりと真冬の目を見ながら、遊佐は小声で答えた。

「わかりました」

これだけ自信たっぷりに遊佐が言うのだから、間違いはあるまい。

集落の外れの駐車場まで長岡はおとなしく従いて来た。暴れれば近所の人が怪しむことになる。

遊佐は長岡を後ろに乗せてからスマホを取り出した。

「おい、片桐、勤務時間が終わったら能登中央署の捜査本部に来い」

片桐がなにか答えている。

「待ってるぞ」

電話を切ると、遊佐はクルマを発進させた。

輪島中央署に行く道筋での長岡はおとなしかった。

ときどき「俺はそんなことやってない」と抗議の言葉を口にするだけだった。

真冬と遊佐も口をきかなかった。

自分のスマホには今川から末永教授の意見書が転送されていた。

三〇分経たないうちに、クルマは輪島中央署の駐車場に滑り込んだ。

2

捜査本部は多くの例に漏れず、最上階に設けられていた。

輪島中央署は三階建てなのでそこの講堂が使われている。

講堂の入口は開かれていて「鴨ヶ浦女子大生殺人事件捜査本部」と墨書した紙が貼ってあった。

遊佐を先頭に、続けて長岡、いちばん最後に真冬が続いた。

講堂には前方に横一列の幹部席が設けられていて、左手に管理官席があった。右手に少し下がっているのは予備班の席だろう。

幹部席に私服と制服ふたりの男性、管理官席と予備班らしき席に私服の男性がそれぞれひとりずつ座っていた。

一般の捜査員の席となっている机の島には五人ほどしか残っていなかった。

捜査員のほとんどが聞き込みに出ているのだろう。

さらに壁際の無線機や固定電話の近くに制服警官が五人ほど座っていた。捜査本部の連絡係と思われた。

長岡は講堂内の雰囲気に圧倒されて縮こまっている。

「平田友梨亜殺害事件の参考人を連れてきました。取調室に連れて行ってください」

遊佐は身体を折る室内での正式な敬礼をして声を張った。

幹部席のふたりが顔を見合わせた。

「おい、誰か」

幹部席の私服の男の声に、机の島から私服捜査員がふたり立ち上がって長岡に歩みよった。

「すぐに俺が行くから、氏名住所などから記録しといてくれ」

遊佐が大きな声で指示した。

「了解です」

ふたりの捜査員らに両脇につかれて、長岡は足を引きずるようにして講堂を出ていった。

「おい、遊佐。おまえ、風邪だとか言って休みを取ってたじゃないか。いきなりなんだ」

あごの尖った黒いセル縁のメガネを掛けた男が予備班席から怒鳴り声で言った。

「ええまぁ、捜査をしていたようなわけでして」

遊佐は適当なごまかしを口にした。

「それになんだその女は？」

憎々しげに言ってメガネを掛けた男はあごを突き出した。

「三吉課長、失礼ですよ。こちらは朝倉警視でいらっしゃいます」

きまじめな声で遊佐は言った。

この男が捜査を遅延させているひとり、能登中央署の三吉高典刑事課長か……。電話で遊佐を怒鳴っていた男だ。

「なんだと……」

三吉課長は言葉を失った。

「すぐには信じられないでしょう。身分証明欄をお確かめください」

真冬はにこやかに笑って、パンツのベルトループに留めてあった警察手帳の革紐フックを外した。

駆け寄ってきた連絡係にリリースした警察手帳を渡すと、彼は幹部席に走った。

ふたりの幹部は手帳を確認すると、そばに立っていた連絡係に戻した。

真冬は帰ってきた手帳をパンツのポケットに戻した。

「朝倉警視はどちらの所属ですか。わたしは石川県警刑事部捜査一課長の高坂《こうさか》です」

高坂一課長は定年近い年頃の髪の真っ白な男だった。

温厚そうに見えるが、目つきは鋭い。

「警察庁長官官房から参りました」

真冬は静かな声で答えた。

「なるほど、日本警察の中核ですな」

うなずきながら高坂一課長は言った。

「長官官房！」

三吉刑事課長は目を剝いた。

「うちの署員が失礼しました。輪島中央署長の児玉です」

天然パーマらしい半白のもじゃもじゃ頭の丸顔で太った制服警官が頭を下げた。

年齢は高坂一課長と同じくらいだ。

この男も捜査を遅延させていたひとりと遊佐が言っていた。

「刑事部管理官の日比野《ひびの》と申します」

管理官席に座っていた髪を七三に分けたきまじめそうな男が名乗ってあごを引いた。神経質そうで有能な感じの男だ。年齢は五〇歳前後か。

ちなみに捜査一課長、輪島中央署長、刑事部管理官の三人の階級も警視だ。だが、地方《じかた》の三人はキャリア警視である真冬に対して丁重な態度をとっている。三吉刑事課長の階級は今川と同じ警部だ。

「朝倉警視、管理官席にお座りください」

児玉署長が左側の席を掌で指し示した。

「ありがとうございます」

真冬は素直に指示された席に座った。

ほかの捜査員や連絡要員は静まりかえって幹部たちと真冬の会話を聞いている。

「では、わたしは任意で引っ張った長岡忠司の取り調べに向かいます」

安心したのか、遊佐はかるく頭を下げて出ていこうとした。

「遊佐警部補、二日間のご協力に感謝いたします」

真冬は頭を下げて遊佐をねぎらった。

「お役に立ててなによりです」

遊佐はきまじめに言って深々と一礼すると、きびすを返して出口へ向かった。

「ところで、朝倉警視、どのような理由でこの捜査本部をお訪ねになったのかご説明頂けませんか」

児玉署長がていねいな口調で訊いた。

「わたしは、地方特別調査官の職にありまして、長官官房の刑事局担当、明智光興警視監の命令で本事件の調査をしております」

真冬は声を張った。

高坂一課長と児玉署長はふたたび顔を見合わせた。

日比野管理官は口をぽかんと開けた。

三吉刑事課長は身体を震わせている。

「どのような調査でしょうか」

高坂一課長がおだやかな声で訊いた。

「はい、明智審議官は平田友梨亜さん殺害事件の捜査が遅延していると考えていらっしゃいます。そのため、わたしに本事件の調査を命じました」

講堂のあちこちで息を呑む音が聞こえた。

「なるほど、長官官房では、現場を問題視しているというわけですね」

高坂一課長の問いに真冬はゆっくりとうなずいた。

「昨日から、遊佐警部補の協力でわたしは事件の本質に迫ることができました」

真冬はきっぱりと言いきった。

ざわめきが講堂内にひろがった。

「まず、第一に本件は市内鴨ヶ浦で起きたものではありません。平田友梨亜さんが殺害されたのは七尾市能登島の曲町にある箱名入江と思われます」

ずばりと真冬は言った。

「そんなバカな！」

三吉刑事課長が裏返った声で叫んだ。

「どこにそんな根拠があるというのです」

児玉署長が突っかかるように訊いた。

「根拠はもちろんあります。第一に二月一四日の五時二〇分に《のとじま臨海公園》ゴーカート場の駐車場で平田友梨亜さんを目撃したとする向井さんカップルの証言です」

真冬の声が講堂に響き渡った。

「失礼だが、その証言については、我々も検討しています。見間違いという結論になっております」

児玉署長は不快そうに太い眉をピクピクさせた。

「ええ、そう聞いています。根拠はそれだけではありません」

真冬はポケットからスマホを取り出して全員に掲げた。

「ここにコピーしてある映像ファイルは、《のとじま臨海公園》の職員である狩野さんのクルマのドライブレコーダーの記録から抽出した動画です。ここには被害者の平田友梨亜さんが五時二〇分に現れ、五時三八分に誰かが迎えに来たクルマに乗って立ち去ったことが記録されています。どなたかこのMP4形式の動画を皆さまで見られるようにして頂けませんか」

真冬はまわりを見まわして頼んだ。

「おい、誰か」

日比野管理官の声に固定電話の前に座っていた制服警官が飛んできた。

制服警官は一礼すると、真冬のスマホを受けとって管理官席のノートＰＣとコードでつないだ。その後ＰＣとスマホをそれぞれ操作した。

「再生いたします」

前方のスクリーンに平田友梨亜が駐車場に立ち、黒いアルファードが迎えに来る映像が再生された。

「こんな映像があったとは……」

日比野管理官がうなった。

「少なくとも向井さんカップルの証言が正しく、事件当日の夕刻、友梨亜さんが能登島にいたことは明らかです」

真冬はきっぱりと言い切った。

「しかし、それは能登島で殺人があったことの証拠にはなりませんよね」

三吉刑事課長が尖った声で言った。

「第三の根拠があります」

真冬は管理官席のＰＣとコードでつながれた自分のスマホを操作した。

「これはなんですか？」

児玉署長がけげんな声で訊いた。

「平田友梨亜さんの遺体を解剖した北陸医科大学医学部法医学教室の末永六弘教授の意見書です。末永教授は友梨亜さんの肺に残っていた海水の分析から、『あの遺体が鴨ヶ浦の海水で溺死したかどうかは証明できない』との意見を述べておられます。あとでプリントアウトしてお読み頂きたいです。彼女は波の花が浮かんでいる海水を飲まされているのに、その成分であるケイソウ類などのプランクトンが肺から検出されないのがその理由です。つまり、友梨亜さんは鴨ヶ浦ではない場所で殺された可能性があります」

真冬は強い口調で言った。

「うーん、殺害場所が鴨ヶ浦という考えは捨てたほうがいいかもしれんな」

高坂一課長はうなった。画面を見る両目がイキイキと輝き始めた。

「わたしは能登島で殺害され、遺体を鴨ヶ浦に運ばれたものと考えています」

真冬ははっきりとした口調で告げた。

「その証拠はありませんよ」

三吉刑事課長が渋い顔で言った。

そのとき、出入口が騒がしくなった。

背の高いグレーのスーツ姿の男が現れた。

「おい、ここには入っちゃいけない」

誰かが叫んだが、男はそのまま つかつかと幹部席に向かった。

きちんと整髪し、銀縁メガネを掛けたその男はカミソリのようなオーラを漂わせている。

幹部たちがハッとした顔で男を見た。

スーツの襟にはメッキのはげた銀色の弁護士バッジが光っている。

「わたしは石川弁護士会所属の青柳《あおやぎ》と言います。ここでは長岡忠司さんを違法に拘束していますね。直ちに釈放願いたい。任意同行で長時間拘束するのは令状主義に反します。場合によっては、本件に関係している石川県警の警察官を特別公務員暴行陵《りょう》虐《ぎゃく》罪《ざい》で告訴することも検討しています」

眉を吊り上げて青柳弁護士は言った。

「おい、誰か長岡さんをお連れしろ」

児玉署長が命ずると、制服警官のひとりが飛び出していった。

真冬は歯噛みした。

服を着替えに奥に入った際に、仲間の誰かに引っ張られることを連絡したのだろう。おそらくは隆矢だ。隆矢の差し金で青柳弁護士はここへやってきたものに違いない。

しばらくすると、肩を突っ張らせた長岡が意気揚々《ようよう》と現れた。

後ろには情けなさそうな顔の遊佐が立っていた。

「二度とこのようなことがないようにご留意頂きたい」

青柳弁護士は捜査幹部を睥睨《へいげい》して居丈高《いたけだか》に言った。

「帰らせてもらうよ。あーあ、違法な捜査で人権侵害を受けた」

捨て台詞を残して長岡は出口へと向かった。

青柳弁護士がすぐあとから出ていった。

「思いも掛けぬ事態となったな」

高坂一課長は意外と冷静だった。

「おまえの勇み足だ」

児玉署長は苦々しげに遊佐に言った。

「あの弁護士を待ってたから、野郎は黙秘を続けてたんだな」

遊佐は歯噛みした。

「おい、遊佐、おまえ処分は免れないぞ」

三吉刑事課長は叱責口調だった。

「申し訳ありません。攻めれば自白が取れると考えていたのですが、まさかこんな邪魔が入るとは思っていませんでした」

しょげたようすで遊佐は捜査員席に座った。

真冬は次の一手を考えあぐねていた。

自分としてはこのあと、一気に隆矢の強制捜査に進ませたらと考えていた。が、青柳弁護士の登場で一般捜査員の熱気は一気に冷めてしまった。

「どういう事情で参考人として引っ張ったんだ？」

日比野管理官は静かに訊いた。

「あの長岡って男は、初期の初期に捜査線上にあがっていた温井隆矢のサークルの後輩です。事件当日、あの男は自分が経営するカフェを一時間半早く閉めています。そしてアルバイト女性に対して事件当日は能登島に行くと言っていたんです。能登島にはご存じの通り温井隆矢の別荘があります。長岡は何度かこの別荘を訪ねています」

遊佐は現在の供述調書に記録されている内容とは異なることを口にした。

だが、誰も反応しなかった。

そもそも金沢のスタジオと修正されていて捜査会議には出ていない話だ。

「温井隆矢に関する鑑取り捜査では平田友梨亜と先輩・後輩ということしか浮かんでこなかったじゃないか。だから、我々は隆矢を捜査対象から外したんだ。この話は終わってるんだ。いいな、遊佐」

児玉署長が別の観点から遊佐に文句を言った。

真冬としては腹をくるしかなかった。

「《のとじま臨海公園》での目撃証言、ドライブレコーダーの記録映像、末永教授の意見書、この三点からわたしは温井隆矢の捜査を継続すべきだと考えます」

強い声で真冬は言った。

「朝倉警視、あなたがどこまで調べたのかは知らん。しかしね、我々は一〇ヶ月も捜査を続けてきたんだ」

児玉署長は苦虫をかみつぶしたような顔で言った。

「その一〇ヶ月を有効に使えなかったのではないですか」

皮肉っぽい口調で真冬は言った。

「捜査は順調に進むものではないんだ。警察庁は現場を知らない」

児玉署長は不愉快そうに言った。

そのときふたたび出入口が騒々しくなった。

「おい、おまえ片桐じゃないか。どうしたんだ、珠洲市の折戸町駐在所員だろ。ここになんの用で来たんだ」

三吉刑事課長がまたも叱責口調で言った。

「朝倉警視と遊佐警部補に呼ばれました」

素直な声で言って片桐は頭を下げた。

「片桐さん、ご苦労さま。どうぞお掛けください」

真冬はていねいな口調で招じ入れた。

「失礼します」

片桐は捜査員席に座った。

「片桐巡査部長、あなたが過去に捜査本部で経験したことを話してください」

真冬はゆったりとした口調で促した。

「しかし……」

片桐はいい人間だが、どこか腹の据わらない男だ。

「お願いします」

真冬は片桐を見据えて言った。

「捜査本部開設初期、今年の二月二五日の深夜です。ほとんど全員の捜査員が隣の柔道場で休んでいる午前三時頃です。わたしはひとりの捜査員が、長岡忠司に関する供述調書を差し替えている事実を目撃しました。これは事件当日、長岡が自分が経営するカフェのアルバイト女性に対して能登島に行くと言っていた内容が記述されていたと思われます。ところが、差し替えられた供述調書には能登島のところが金沢のスタジオとなっていました」

目を瞬きながら、片桐は必死に説明した。

講堂内にざわめきがひろがった。

「いったいそれは誰かね」

高坂一課長が片桐の目を見ながら尋ねた。

片桐は口をつぐんでうつむいた。

この期に及んでなにを臆しているのだろう。真冬はちょっといらだった。

「話せないかね」

高坂一課長はやさしい声で訊いた。

「当時は捜査一課にいた福田盛夫巡査部長です」

覚悟を決めたのか、片桐ははっきりと言った。

講堂内のざわめきは激しくなった。

「そうか、捜一の者か……この三月で退職した福田だな」

高坂一課長は暗い声で言った。

「実は先ほど見て頂いた動画はコピーです。原本は福田巡査部長にデータを破壊されたものと思われます。差し替えの件を知っていた片桐巡査部長はデータ破壊を恐れてコピーを取っておいたのです」

「片桐、よくデータを守った」

一転して高坂一課長はにこやかに言った。

片桐は瞳を潤ませて頭を下げた。

「わたしはこれで失礼してよろしいでしょうか」

おずおずとした表情で片桐は訊いた。

「ああ、ご苦労さん」

高坂一課長はゆったりと答えた。

「お疲れさまでした。お呼び立てしてすみませんでした」

真冬もねぎらいの言葉を掛けた。

あわてたように一礼すると、片桐はそそくさと講堂を出ていった。

3

そのとき真冬の携帯が振動した。今川の名が液晶画面に表示されている。

「ちょっと失礼します」

真冬は管理官席を立って廊下に出た。

「お疲れさまです。いいニュースです」

今川は弾んだ声で言った。

「教えて」

真冬は期待して訊いた。

「警視庁捜査一課が福田を問い詰めたところ、全面自供しました。捜一は福田の身柄を引っ張りました。公文書偽造と犯人隠避《いんぴ》と地方公務員法違反です。逮捕は石川県警となるでしょうかね」

明るい声で今川は言った。

「それで、福田にその指示をした者の名前は？」

真冬はゾクゾクしてきた。

「出ましたよ。輪島中央署長の児玉栄二警視と同じ中央署刑事課長の三吉高典警部のふたりの指示と言っています」

まさにビンゴだった。

「やった！　いま捜査本部で一緒にいるのよ」

ちいさく真冬は叫んだ。

「なんてタイムリーな。では、とりあえず切りますね」

今川は電話を切った。

管理官席に戻った真冬は立ち上がって講堂内を見まわした。

「いま片桐さんから話のあった福田盛夫は、差し替えの事実を警視庁捜査一課の捜査員に全面自供しました。身柄を警視庁が確保しています。石川県警にも連絡があるものと思います」

真冬は晴れやかに言った。

講堂内のあちこちに驚きの声が上がった。

「静かにしろ！」

日比野管理官がたしなめると、講堂内は静まりかえった。

「それだけではありません。この犯罪行為を指示した人間の名前も福田は自供しました」

真冬は重々しく言った。

「たしかに福田の単独犯とは思えませんね」

日比野管理官はうなずいた。

隣の予備班席に座る三吉刑事課長は苦しげに息をしている。

幹部席の児玉署長は真っ青になって脂汗を流していた。

「児玉署長、心当たりがありますね」

真冬は児玉署長に向かってはっきりとした発声で詰め寄った。

「なにをバカなことを」

児玉署長は裏返った声で答えた。

「三吉刑事課長も指示をしましたね」

真冬は三吉刑事課長も追い詰めた。

「い、いやわたしは……」

三吉刑事課長はガクガクと震え始めた。

「児玉署長、三吉課長。捜一の者が話を聞く」

高坂一課長は重々しい口調で言った。

「取り調べだ。誰かふたりを取調室に連れて行け」

日比野管理官が声を張り上げた。

児玉と三吉のふたりは私服捜査員にそれぞれ両脇から腕を掴まれて連行されていった。

重苦しい沈黙が講堂に漂った。

そんななかで、遊佐はガッツポーズを作っていた。

福田、児玉、三吉の三人は彼を苦しめた者たちだ。

「あらためてわたしの考えを述べたいのですが」

真冬は高坂一課長の顔を見ながら言った。

「ぜひ聞かせてください」

高坂一課長はていねいな態度で言った。

「児玉署長と三吉課長の指示で福田元巡査部長は差し替え工作をしました。これはどう考えても平田友梨亜さんが能登島で殺害された事実を隠蔽するための行為です。つまり、能登島の箱名入江の別荘の主人である温井隆矢の犯行を隠蔽するためだと思います」

確信を持って真冬は言った。

「だが、道路工事の関係で温井隆矢にはアリバイがあるという話ですが……」

慎重な口調で高坂一課長は訊いた。

「共犯者がいたんです。少なくとも死体遺棄の共犯が……」

真冬は遊佐に話したアリバイの無効性を繰り返した。

「なるほど、共犯者がいればどうということはないですな」

「その共犯者ですが、わたしは長岡忠司だと考えています」

きっぱりと真冬は言い切った。

「むろん、長岡忠司の線は追い続けます。弁護士が乗り出してきたことで、長岡の関与がはっきりしてきた気がします」

高坂一課長は目を光らせた。

「そう思われますか」

真冬は身を乗り出した。

「ええ、長岡がシロなら、なにも大あわてで弁護士が救いに来ることはないと思いますよ」

平らかに言う高坂一課長の言葉には説得力があった。

「その通りです。弁護士の手配も含めて、温井隆矢を守ろうとしている力が働いています。一課長は勘づいておられるのでは？」

真冬は高坂一課長の顔を覗き込むようにして訊いた。

「児玉署長にまで影響を与えられるのですからね。隆矢の父親しかいないでしょう」

高坂一課長はあっさりと、真冬が考えているのと同じ結論を口にした。

「参議院議員の温井宗矢ですね」

「そうです。でも、一般論としても犯人隠避罪で父親を立件するのは難しいですからね」

浮かない顔で高坂一課長は答えた。

「刑法第一〇五条では、配偶者や六親等以内の血族と三親等以内の姻族は、『その刑を免除することができる』と規定されていますからね」

真冬もうなずかざるを得なかった。

「ま、捜査を妨害されたとして警察に対する業務妨害罪など、ほかの罪を問擬《もんぎ》することは可能ですが、まずは隆矢の捜査を優先させるべきだと思います」

高坂一課長の言葉は道理にかなっている。

「わたしを児玉署長か、三吉刑事課長の取り調べに立ち会わせて頂けませんか」

遠慮がちに真冬は申し出た。

「立ち会いですか……」

高坂一課長は難しい顔を見せた。

「はい、あのふたりは隆矢の犯行について、ある程度の事情を知っていると思われますので」

　真冬は言葉に熱を込めた。

「それはたしかだと思いますが……わたしの一存では警察庁職員である朝倉警視をうちの取り調べに立ち会わせるわけにはいきません」

　首を横に振りながら、高坂一課長は言った。

　児玉と三吉の不正を調査するのは真冬の本務だ。

　だが、真冬には捜査する資格はなかった。

「了解しました。話を隆矢に戻します。能登島の温井家の別荘を捜索して頂けないでしょうか」

　隆矢の犯罪を隠蔽しようと児玉たちに圧力を掛けたのは温井議員としか考えられない。

　能登島の別荘には県警の不正に関する証拠も残っている可能性がある。

「そのつもりです。明日朝一番で能登島の別荘の家宅捜索を行いましょう」

　高坂一課長はしっかりとあごを引いた。

「発言してもよろしいでしょうか」

遊佐がかしこまって訊いた。

「話せ」

「片桐がコピーしていた動画に映っていたアルファードは十中八九は隆矢のものです。動画を分析すればはっきりすると思いますが、隆矢が通っていた金沢の音楽スタジオに黒のアルファードが停まっているのをわたし自身が見ております」

背筋を伸ばして遊佐は言った。

「では、アルファードも捜索差押許可状の対象としよう」

高坂一課長はうなずいた。

「捜査本部長の許可を得たら、すぐに誰かに疎明資料を作らせて裁判所に向かわせる。いずれにしてもガサイレは明日の夜明けだ」

捜索差押は一部の例外を除いて、日の出から日没までに行わなければならない。刑事訴訟法の定めだ。

高坂一課長はスマホを取ってタップした。

「お疲れさまでございます。高坂です。実は温井隆矢に対する捜索差押許可状の発給申請をしたいと考えておりまして……」

話しているうちに高坂一課長の顔つきがどんどん険《けわ》しくなってゆく。

「わかりました。さらに証拠収集に努めます」

暗い顔で高坂一課長は電話を切った。

「だめだ。戸次刑事部長は隆矢に対する捜索差押許可状の発給申請を認めてくれない。現時点では根拠が希薄だと言うんだ」

高坂一課長は口をへの字に引き結んだ。

怒りの炎が真冬のなかで燃え上がった。

「ちょっと電話してきます」

言い残して真冬は廊下に出た。

ここは明智審議官に指示を仰ぐべきだ。

「お疲れさまです。調査はかなり進展しました……」

真冬はここまでの経緯をかなり詳細に話し、東京で福田、輪島で児玉、三吉が身柄を確保されたことを告げた。

「そうか……ともかく進展したことを喜ぶべきだな。で、温井隆矢のほうはどうなんだ？」

淡々と明智審議官は言った。

「高坂捜査一課長が能登島の別荘の捜索差押許可状の発給を決断しました。ところが、戸次刑事部長が認めようとしません。捜査は手詰まりです」

真冬は珍しく嘆き声を上げた。

「戸次が障壁となっているのか」

乾いた声で明智審議官は訊いた。

「はい、そうです。これはまだ裏の取れていないことですが、戸次刑事部長は児玉署長と三吉刑事課長に指示して捜査妨害を行っていたおそれがあります。能登島での目撃証言を捜査対象から外したのも戸次刑事部長です」

明智審議官は低くうなった。

「わかった。戸次の問題については、わたしが処理する」

「審議官ご自身がですか」

真冬は驚きの声を上げた。

「ああ、わたしがやる」

きっぱりと明智審議官は言い切った。

「よろしくお願いします」

スマホ片手に真冬は頭を下げた。

「捜査本部の責任者に代わってくれ」

明智審議官は冷静な声で言った。

「高坂一課長、わたしの上司の明智審議官がお話ししたいそうです」

「わたしにですか……」

真冬がスマホを差し出すと、引きつった顔で高坂一課長は受けとった。

現在の状況について高坂一課長は額に汗を掻《か》きながら詳しく説明した。

「……そのような事情で家宅捜索には待ったが掛かっております。ありがとうございます。よろしくお願い致します……え、うちの児玉と三吉の取り調べですか……はい、朝倉警視ご本人は立ち会いを望んでおられます……刑事部長に許可を得ないと……そうですか……承知致しました」

高坂はスマホを真冬に返した。

「一時間ほど待っていろ。あとでこちらから電話する」

それだけ言って明智審議官は電話を切った。

「朝倉警視、どうぞ取り調べにお立ち会いください」

高坂一課長は背筋を伸ばした。

「いいんですか？」

真冬は明るい声で尋ねた。

「長官官房の指示ですので、わたしごときがとやかく言えることではありません」

気弱な顔で高坂一課長は笑った。

「ありがとうございます」

真冬は深く頭を下げた。

「取り調べに行ってきます」

遊佐が力強く言った。

「児玉署長はわたしが、三吉刑事課長は日比野が取り調べに参加します」

高坂一課長は厳しい顔つきで告げた。

捜査一課長や管理官が直接取り調べるなど、きわめて例外的な事態だろう。

だが、平刑事では切っ先が鈍ると考えたのだろう。

そのうえ、真冬が立ち会うのだ。放ってはは置けないのかもしれない。

「三吉刑事課長はわたしが担当しますよ」

遊佐は凄みのある笑顔を見せた。

「そうか、三吉のおもな尋問は遊佐にまかせよう」

日比野管理官はまじめな声で言った。

4

真冬は遊佐と日比野管理官に続いて二階の刑事課のあるフロアに下りた。

遊佐は並んでいる取調室の二番目のドアを開けた。

ガランとした室内のまん中に、三吉刑事課長と四〇歳くらいの私服捜査員が机を挟んで座っていた。

取調机の脇には、ひとりの若い私服捜査員がパイプ椅子に座っていた。

さらに奥の机には制服警官がノートPCを前に座っていた。

真冬たちが入って行くと、三吉以外の三人はさっと起立した。

三吉はちらっと真冬たちを見ると、すぐに顔を背けた。

「日比野管理官と俺が取り調べるから」

遊佐の言葉にふたりの私服捜査員はそろって頭を下げると、取調室を出て行った。

記録係の制服警官は椅子に座ると姿勢を整え直した。

三吉刑事課長の向かいには遊佐が座り、真冬と日比野管理官は横のパイプ椅子に並んで座った。

「福田盛夫に直接指示したのは、課長、あんたなのか？」

遊佐は鋭い目で三吉刑事課長を見据えながら尋問を開始した。

だが、三吉は言葉を発せずに遊佐を睨みつけた。

「じゃあ、児玉署長なのか」

続けての遊佐の問いにも、三吉は表情を変えずに黙ったままだった。

「おい、三吉っ、舐《な》めんじゃねぇ。いまさらトボけようたって無駄だぞ」

おだやかなふだんの遊佐とは打って変わった荒々しい尋問に真冬は驚かされた。

「万年平刑事がわめくんじゃない」

薄ら笑いを浮かべ、遊佐を小馬鹿にしたような態度で三吉はうそぶいた。

「福田の野郎が警視庁の捜一に吐いてんだ。あきらめたらどうだ」

不遜《ふそん》な三吉の態度に腹を立てることもなく、遊佐は諭《さと》すように言った。

「ふんっ、福田ごときがなにを言っても、俺には関係ない」

憎々しげに三吉はあごを突き出した。

真冬が最初に福田の自白を突きつけたときに感じた三吉の怯《おび》えは消えている。

こころのなかで、体勢を立て直したかのようだ。

「ひとつだけ事実を伝えたいのですが……質問はしません」

真冬は日比野管理官にささやいた。

日比野管理官は静かにあごを引いた。

「三吉さん、戸次刑事部長については、明智審議官が直接に調査することになっています」

真冬の声は凜然《りんぜん》と響いた。

見る見る三吉の頰が引きつった。

記録係の制服警官が息を呑む音が聞こえた。

「そういうことだ。戸次刑事部長の力は頼れんぞ。この件については監察官も動くだろう。素直になったほうが、公判でも有利になるのはあんただって百も承知だろう」

遊佐は三吉の顔を見てゆっくりと言った。

すでに遊佐は刑事部長の関与を視野に入れているようだ。

「わかったよ……」

三吉は長い息を吐いた。

「福田にSDカードのデータ消去を指示したのはあんただな」

言葉に力を込めて遊佐は訊いた。

「ああ、そうだ。俺が福田に命じた」

「あんたの判断か」

畳みかけるように遊佐は訊いた。

「そうだ。あのカードには、二月一四日の五時過ぎに平田友梨亜が《のとじま臨海公園》の駐車場にいたこと、黒いアルファードが彼女を迎えに来たことが記録されているからな。捜査を能登島から逸《そ》らしたかったわけだ」

開き直ったように三吉は答えた。

「捜査を逸らす方針は誰から下りてきた」

遊佐は三吉の目を覗き込むようにして尋ねた。

三吉は一瞬沈黙した。

「……刑事部長だ」

低い声で三吉は言葉を継いだ。

「児玉署長を通じてな」

なるほど、署長の指示があったからこそ、三吉も福田も証拠の破棄などという暴挙に出られたのだろう。

「あらためて訊く。平田友梨亜殺しのホシは誰なんだ」

遊佐は静かに訊いた。答えはもう明らかだ。

真冬は確証が得たかった。

「温井隆矢に決まっているだろう。ほかに誰がいるって言うんだ」

薄笑いとともに三吉は答えた。

「まぁ、ほかにいるはずもないな。捜査妨害は親父の温井宗矢議員の差し金か」

遊佐は三吉の顔をまっすぐに見て訊いた。

「俺は直接には聞いていないが、そうに決まっている」

三吉は口もとを歪めて答えた。

「事件についてどこまで知っている」

遊佐は質問を平田友梨亜の殺人事件そのものに振った。

「署長からひと通りは聞いた」

「説明してくれ」

息を吐きながら遊佐は尋ねた。

「まったく馬鹿馬鹿しい事件さ。平田友梨亜は半年ほどサークルの先輩だった温井隆矢と交際していた。だが、友梨亜が妊娠すると、彼女を疎んずるようになった。友梨亜は結婚を迫ったが、隆矢は突っぱねた。友梨亜は隆矢の親父に訴えると言い出した。困った隆矢は事件当日、話し合いのために友梨亜を能登島の別荘に連れて行った。箱名入江で言い争いになって、逆上した隆矢は友梨亜の頭を海水に押さえつけて溺死させた。これが午後六時一五分頃だ。困った隆矢は、犯行を隠すために後輩の長岡を呼び出した。長岡は七時一五分頃に能登島に到着し、死体の始末はぜんぶ彼がやった。長岡は午後七時四五分頃に能登島の別荘を出発し八時四五分頃に鴨ヶ浦に到着した。輪島港方向から駐車場に近づくと一台のクルマの灯りが見えた。それで長岡は駐車場を通り過ぎて袖ヶ浜トイレ前の駐車場でしばらく待った。九時過ぎにそのクルマが走り去った。そこで長岡は鴨ヶ浦に友梨亜の遺体を遺棄して、能登島の別荘に戻った。遺体を運搬するために使ったのは温井のアルファードだ。この経緯は温井議員から刑事部長に知らされた。隆矢の馬鹿野郎は最後は親父に泣きついたんだよ」

隆矢の話になると、三吉の口調はなめらかになった。

「長岡はなんで協力したんだ。少なくとも死体遺棄は免れんぞ」

遊佐は首を傾げた。

「あいつは隆矢に多額の借金があるんだ。錦通りのカフェのオープン資金やらなにやらでな。詳しくは知らんが返せと迫られていたんだろう」

なるほど、《カフェ・のとリーナ》の経営状態は芳しくない。

「しかし、親父に訴えると詰め寄られただけで殺すとはなぁ」

嘆くように遊佐は言った。

「隆矢は親父に甘やかされていた。ロクに働いてもいないのに、かなりの経済援助を受けてたんで金回りはよかった。取り調べちゃいないから推測だが、隆矢は同時に親父を畏怖《いふ》してたんだろう。親父に叱られるのが怖かったのさ。まったくボンクラ息子としか言いようがない」

三吉は顔をしかめた。

「親父にバレるのが怖いから、恋人を殺したって言うのか」

遊佐はあきれかえった声を出した。

「まぁ、最初から殺すつもりだったわけじゃないんだろう。それと、友梨亜に将来を潰されるとも思っていたのかもしれん。隆矢は将来、親父の宗矢の後継者として政界を目指していたらしい。親父の秘書もなにもしてなかったけどな。とにかく、隆矢は気持ちだけは将来の国会議員だったんだ。本当にどうしようもないクズだ」

ツバでも吐きそうな勢いで三吉は言った。

「そのクズを助けるために、あんたは犯罪にまで手を染めたってわけか……」

遊佐はふたたび嘆くような声で言った。

「大きなお世話だ」

三吉はつばを飛ばした。

「温井議員からの見返りはなんだ?」

遊佐の声には怒りが滲んでいた。

「そんなこたぁ、わかるだろ。おまえとは違って、俺は上を目指してんだよ」

ふてくされたように三吉は答えた。

出世のために証拠隠滅の愚に出たわけだ。

「それももう終わりだな……」

淋しそうに遊佐は言った。

「部長や署長はこれ以上出世しないだろうが、いい天下り先でも紹介してもらえるんだろうよ」

三吉は唇をゆがめて言った。

「警察官としてそんな惨めな終わり方はできん……」

つぶやくように遊佐は言った。

「おまえみたいに母ちゃんには逃げられ、定年後はアパートで孤独死するような将来はごめんだからな」

遊佐はなにも言い返さなかった。

淋しそうな顔つきが真冬の印象に残った。

真冬のスマホが振動した。

あわてて廊下へ出て画面を見ると、明智審議官からだった。

「はい、朝倉です」

「戸次に会う。ANA755便で小松空港に行き、そこから石川県警本部に行く。朝倉も至急金沢市に向かえ」

相変わらず感情のない声で明智審議官は言ったが……。

「ほんとうですか！」

真冬には信じられなかった。

まさか明智審議官がこちらに足を運ぶとは……。

だいたい今回の明智審議官はどこか変だ。

「いま今川に航空券をとらせた。小松空港に五時四〇分着なので、県警本部には六時二〇分頃に着く予定だ。そちらはパトカーを出してもらえ。二時間くらいかかるだろう。わたしは県警本部付近に着いたら連絡を入れる。そうだ、遊佐を一緒に連れてこい」

なぜ遊佐を？　真冬には不思議でならなかった。

「了解です。道中お気をつけて」

返事のないまま電話は切れた。

取調室のドアを開けた真冬は遊佐と日比野管理官に声を掛けた。

「明智審議官が石川県警本部までお出でになります。わたしはこれから金沢に戻ります」

「それは……」

日比野管理官は絶句した。

「遊佐さんにもお呼びが掛かっています」

「え……」

遊佐はとまどいの顔を見せた。

「すぐにお供しろ。取り調べはわたしが代わる」

日比野管理官が早口で言った。

真冬が一礼すると、日比野管理官はしっかりとうなずいた。

「高坂一課長にもお伝えしないと」

出てきた遊佐に真冬は言った。

「ああ、ここにいるよ……失礼します」

遊佐が隣の取調室のドアを開けると、高坂一課長と児玉署長が机に向かい合って座っていた。

「高坂一課長、明智審議官が今夜のうちに石川県警本部に見えて、戸次刑事部長と面談してくださるそうです。六時二〇分頃には到着します。わたしにも来るようにとの命令です。事態の改善を図ってくださるものと思います」

真冬は明るい声で言った。

「それは驚きです……しかし、ありがたい」

高坂一課長は嬉しそうに答えた。

児玉署長は目の前の机に音を立てて突っ伏した。

「審議官からのお願いですが、パトカーを一台出して頂けませんでしょうか？　それから遊佐警部補にも同道して頂きたいのです」

真冬は丁重に頼んだ。

「もちろん、お安いご用です。おい、君、パトカーの手配をしてくれ」

「了解です」

若い私服捜査員がぴょんと立ち上がった。

「では、朗報をお待ちください」

真冬は一礼してドアを閉めた。

「こちらへどうぞ」

若い捜査員が先に立って廊下を歩き始めた。

「しかし、わたしまでお呼びになるとは……」

遊佐は首を傾げながら、従いて来た。

一人の署員がホテルに残した真冬の荷物を取りに向かい、ほかの署員がレンタカーを穴水駅前の会社まで返しにいくことになった。

5

真冬と遊佐が後部座席に乗り込んでパトカーは輪島中央署を離れた。

能越自動車道を走っているときに、いきなり遊佐が運転席に声を掛けた。

「おい、これから俺が話すことは聞くな。もし間違って聞いても恋人にも漏らすなよ」

「自分には恋人はおりません」

運転していた若い巡査は苦笑を浮かべた。

「朝倉さん、わたしはね、あなたが他人のような気がしないんだ。実はね、わたしはお父君つまり朝倉義男警部補の部下だったんだ。わたしは三五歳で巡査部長。お父君は三三歳の警部補だった」

前方を見つめたまま、遊佐は言った。

「そうだったんですか……」

真冬の声はかすれた。

まさか遊佐が父の部下だったとは……。

「お父君の災禍の話をするべきではないよね」

遊佐は気遣わしげに訊いた。

「いえ、ぜひ聞きたいです」

真冬は遊佐の顔を見てきっぱりと言った。

「忘れもしない。あの四月一四日の事件のときも、わたしはお父君のそばにいたんだ。あのときは金沢から管理官の公用車で輪島市役所に行った。乗ってたのは五人、管理官、お父君、わたしともうひとりの部長刑事、運転手役の若い巡査。管理官も若かった。三一歳のキャリア警視さ。俺たちはある大型詐欺事件の捜査で輪島市役所に行ってたんだ」

「詐欺事件だったんですか」

「ああ……輪島市は被害者の一団体だった。俺たちも若いから張り切ってたよ。それでね、管理官とお父君は左側の後部ドアからクルマを降りて並んで立った。俺は反対側の右側から、もうひとりの部長刑事は助手席から降りた。その瞬間だよ。銃声が響いて管理官の身体をかすめて背後の公用車の窓ガラスを粉々に砕いた。お父君は管理官を守ろうと自分の身体でかばった。そこへ二発目の銃弾が飛んできた。お父君は盾になったんだ。そしたら、二発目の銃弾が肺の上部に命中してしまった……」

遊佐は言葉を切ってつばを飲み込んだ。

「わたしが心臓マッサージをした。だが、銃弾は肺を大きく傷つけていたんだ。襲った男は指定暴力団朝比奈《あさひな》組の三次団体守屋《もりや》組の元組員だった沼野孝造《こうぞう》って男だ。当時、四一歳だった。鳳至川の対岸に停めたワンボックスカーの窓越しに猟銃で撃ったんだ。銃は沼野の従兄《いとこ》が適法に手に入れたものを盗んで犯行に及んだんだ」

「犯人は死んだんですよね」

「ああ、輪島中央署が懸命に沼野を捜索したが、事件から三日後に、曽々木海岸の三つ子浜に死体が漂着した。頭に打撲傷があったが、溺死だった。いつどこで死んだのか、殺されたのか自殺だったのか、なにもわからなかった。さらに沼野の動機もわからなかった。おそらくは何者かに雇われて殺し屋を務めたと予想されたが、守屋組との縁は切れていた。守屋組が沼野を雇ったわけではなかった。雇った者は浮かんでこなかった。被疑者死亡で送検されて、すべての謎は闇のなかに消えていった」

「わたしは悔しいです。父がなんのために生命《いのち》を落としたのかがわからないなんて」

真冬は沈んだ声で言った。

「そりゃあそうだよな……」

浮かない声で遊佐は言った。

「でね、乗ってた五人のうち、助手席に乗ってた部長刑事ってのが、現在の戸次刑事部長なんだよ。彼は俺より二歳下だが、ノンキャリアとしては最高に出世した」

さらりと遊佐は言った。

「本当ですか！」

真冬は大きな声で叫んでしまった。

「さらにお父君がかばったキャリア管理官ってのは、現在の朝倉さんの上司さ」

わずかに微笑んで遊佐は言った。

「え――っ」

驚きを通り越して、真冬は卒倒《そっとう》しそうになった。

「そう、明智光興審議官だよ。お父君も俺も戸次刑事部長もみんな明智さんの部下だったんだ。運転手役の矢野《やの》は警察を辞めてしまったがね」

真冬の膝はガクガク震えていた。

恐怖でなく驚愕でも膝が震えることを真冬は初めて知った。

明智審議官が真冬を地方特別調査官に任用した理由もそこにあるのだろうか。さらに今回の事件で彼が不自然に積極的な動きをしていることも関係があるのかもしれない。

真冬は頭のなかがグルグルしてきた。

「明智さんはどんな人だい？」

遊佐は気楽な調子で訊いた。

「なんというか、ものすごく優秀だけど、感情がないっていうか、冷たいっていうのか……」

真冬は正直な感想を述べた。

「信じられんな。あの人はクールに見えて情にもろいところがあった。部下を大事にする上司だった。キャリアだからって威張るようなことはなかった。明智管理官が隊長で俺たちは隊員って感じの戦友って感覚が強かった。俺たちは悪質な詐欺犯と戦うことに生きがいを感じていたんだ。いまも振り込め詐欺などの悪質な詐欺が横行しているが、大型詐欺もひどい。会社がつぶされたり、財産を根こそぎ奪われて自殺する被害者も少なくないからな」

遊佐の目には怒りが浮かんでいた。

「明智さんは、父君が自分の盾になって亡くなったことをずっと悔いてた。命日には毎年金沢の大乗寺にも墓参りしてた。あの人がお父君の墓前で涙をこぼしたところを俺は見たことがある。俺がお墓に行ったら、明智さんが先に来ててひとりで墓石にぬかずいて泣いてたんだ」

しんみりとした調子で遊佐は言った。

真冬にはどうしても信じられなかった。

いまの明智と同一人物とは思えなかった。

「もうひとつ、謎が解けたんだ」

もったいぶった調子で遊佐はささやいた。

「え……謎ですか」

遊佐はちいさくあごを引いた。

「警察庁に密告状を送ったのは片桐だった。捜査本部から帰るときに俺にこっそり教えてくれた」

運転している制服警官にも聞こえないように遊佐はさらに声を潜《ひそ》めた。

「そうだったんですか」

真冬もささやき声で答えた。

「うん、本部の監察官に送っても握りつぶされると考えたようだ」

それきり遊佐は口をつぐんだ。

「やっぱり、片桐さんは捜査妨害を憎んでいたんですね」

きまじめな片桐の顔を思い出しながら、真冬は清々しいものを感じていた。

いつの間にかパトカーは内灘海水浴場のところまで来ていた。ここから石川県警本部は五キロちょっとしかない。

スマホに着信があった。明智審議官の名前が表示されているとやはり緊張する。

「はい、朝倉です」

「いまどこだ？」

「あと一〇分かからずに県警本部に着きます。平田友梨亜さん殺害事件に関する三吉刑事課長の供述が取れました。また、証拠隠滅に関する戸次刑事部長の指示についても明らかになりました」

真冬は取調室で聞いた内容をかいつまんで話した。

「事件概要についてはよくわかった。本部のエントランスにいる」

それだけで電話は切れた。

相変わらず表情を感じないアケチモート卿だ。

父の墓前で泣いていたという遊佐の話は信じがたかった。

海沿いから市の中心部に向かう県道六〇号は片側三車線の幅員を持つ。

石川県警本部は石川県庁と並んでこの通り沿いにあった。

金沢城趾や兼六園からかなり離れたこの一帯は金沢西部副都心と呼ばれて整備が続

いている。県庁や県警本部は二〇〇三年に中心部からこの地に移ってきた。

道路の右手に似たような茶色いデザインの大小のビルが見えてきた。地上一九階の背の高い方が県庁、地上八階の背の低いほうが県警本部庁舎である。

エントランス近くでパトカーを降りた。パトカーを運転してきた若い巡査はしばらく地下の公用車駐車場で待機すると言って走り去った。

6

入口に立哨《りっしょう》している制服警官の横にダスターコート姿のふたりの男が立っている。

「今川くん……」

真冬はつぶやいた。なんと今川が同行している。

真冬はふたりに歩み寄って頭を下げた。

その横をすり抜けて遊佐が明智審議官の近くに走った。

「明智さん！」

激しい喜びの声を上げて遊佐は明智の前に立った。

明智審議官は感慨深い顔をしてつぶやくように言った。

驚いたことに明智審議官は遊佐に向かって手を差し出した。

ふたりは固く握手した。

「お元気でいらっしゃいましたか？」

「君こそどうだ？」

「ご覧の通り、すっかり老けてしまいました」

「無事に定年を迎えられそうでなによりだ」

真冬は我が目を疑った。

明智審議官の口もとに笑みが浮かんでいる。

「わざわざ金沢までお越し頂き申し訳ありません」

真冬は深く頭を下げた。

「いや、今回はわたしの用事で来た。戸次と話さなければならん」

いつもの無表情に戻って明智審議官は言った。

今川は真冬に向かって満面の笑みでひそかにピースを送ってきた。

「朝倉警視の補佐官の今川です。遊佐警部補、お疲れさまです。幸いなことに戸次刑事部長はまだ勤務中です。この後、六時半からのアポがとれています」

明るい声で今川は言った。

「ありがとうございます」

遊佐はきまじめに答えた。

「行くぞ、三階だ」

明智が先頭に立って歩き始めた。

立哨していた警察官がパッと挙手の礼を送ってきた。

三階にエレベーターで上がると、ワンフロアすべてが刑事部の各課だった。

今川が総務係にアポの件を伝えると、その警官は椅子を鳴らして立ち上がった。

そのようすを見たまわりの警官たちもいっせいに立ち上がった。

ひとりの私服警官が先導してくれて、通路の奥の刑事部長室に案内してくれた。

部屋の前には制服、私服の警察官たちが決裁待ちの行列を作っていた。

「明智審議官がお見えです」

案内してくれた警官が声を掛けると、「どうぞ」という声が内部から聞こえた。

ドアを開けた警官はそのまま戻っていった。

刑事部長室は濃い色の板壁に囲まれた豪華な部屋だった。

窓際に木製の両袖机があり、右手には法規集などが収められた書棚が設《しつら》えられていた。

机の向こうで遊佐と同じくらい髪の白いスーツ姿の男が立ち上がった。

戸次刑事部長は細長い顔の紳士らしい穏やかな顔つきの男だった。

「明智審議官、先日の会議以来ですね。金沢にお見えと聞いて驚きました。まぁ、お掛けください」

愛想よく戸次刑事部長は言った。

「その前に紹介しよう。これはわたしの部下で地方特別調査官の朝倉真冬警視。あの朝倉義男警部補の忘れ形見だ」

平板な口調で明智審議官は真冬を紹介した。

「なんですって！　あの朝倉さんの娘さん……警察官になって、そのうえ警視になってたんですか」

戸次刑事部長は目を大きく見開いて真冬をまじまじと見た。

「父がお世話になっていました」

戸次刑事部長はまだ真冬の顔を見ている。

真冬は頭を下げた。おかしなあいさつだったかもしれない。

「その横は朝倉の補佐官の今川警部、最後は君も知っているだろう遊佐くんだよ」

明智審議官は淡々と紹介を続けた。

「えっ、あの捜査二課にいた遊佐巡査部長か、おまえ」

身をそらして戸次刑事部長は驚いた。

「はい、そうです。同じフロアの捜査一課におります。警部補です」

遊佐はおもしろそうに言った。

今川はあいさつする機会を失った。

「ここに来て一年半だが、まったく気づかなかったよ」

戸次刑事部長は首をちいさく横に振った。

「ごあいさつするのも気が引けまして」

照れたように遊佐は答えた。

「そうか、会えてよかった……明智審議官、とにかく座ってください」

ソファに手を差し伸べて戸次刑事部長は重ねて誘った。

明智審議官は黙って戸次刑事部長と向かい合う位置に座った。

「朝倉と遊佐も座れ」

素っ気ない調子で明智は言った。

真冬は明智の右隣に座った。

明智審議官の左隣に座った遊佐はお尻が落ち着かないようすだった。

「ご用件をお話しください」

戸次はこわばった表情で言った。

「高坂捜一課長からの温井隆矢の捜索差押許可状発給の要請を断ったのはなぜだ？」

厳しい顔つきで明智審議官は訊いた。

「家宅捜索をするに足るじゅうぶんな理由がないと判断しました」

言い訳めいた口調で戸次刑事部長は答えた。

「いい加減なことを言うな。今回の温井隆矢の犯行について、おまえは何度も隠蔽しようとしたはずだ」

「なんのことでしょうか」

開き直ったのか、戸次は視線も表情も動かさずに答えた。

明智が真冬の顔をちらっと見たのに真冬は気づいた。

「輪島中央署の児玉署長と三吉刑事課長が取り調べを受けています。直接には平田友梨亜さん殺害事件捜査の証拠であるＳＤカードを共謀して毀棄《きき》した容疑です。三吉課長は本部の戸次刑事部長からの指示を受けた旨の供述をしています」

一語ずつはっきりと発声して　真冬は事実を突きつけた。

戸次は目を大きく見開いた。

身体がかすかに震えているのがわかった。

「被疑者である隆矢の父親、温井宗矢議員から、おまえに対してどんな話があったんだ」

明智は戸次刑事部長の目をしっかり見据えながら訊いた。

「いえ……そのようなことは……」

戸次は言葉をよどませた。

「いまさらわたしの前で隠しても無駄だ」

明智の声は冷たかった。

戸次はゆっくりと長い息を吐いた。

「真実はいつかは必ず明らかになるものですね」

自嘲するように戸次は言った。

「すぐに捜査本部の高坂一課長に正しい捜査指揮をしろ」

明確な口調で明智審議官は指示した。

「わかりました」

戸次刑事部長は机の電話から輪島中央署に電話を入れた。

「高坂か？　戸次だ。温井宗矢所有の能登島曲町の別荘に対する捜索差押許可状の発給を金沢地裁輪島支部にするように。ガサ状が出たら、明朝いちばんでガサ入れをしろ。さらに、児玉署長や三吉刑事課長の供述に基づき、平田友梨亜殺害容疑で温井隆矢の逮捕状を取れ。令状が出たら、隆矢の指名手配の手続きをしろ」

よどみのない調子で戸次は捜査指揮を執った。

電話を切ると、戸次は長く息を吐いた。

「本件については警察庁の首席監査官に廻附する。この際、潔《いさぎよ》く石川県警に自首しろ」

静かな声で明智審議官は言った。

戸次刑事部長は答えを返さなかった。

「なぜ、法を枉《ま》げ、真実を覆い隠すようなことをした。おまえが天下り先の紹介などというエサに食いつくような男とは思えない」

ふたたび明智は戸次の目を見据えて訊いた。

しばし戸次は沈黙した。

「答えられないのか」

明智はゆっくりと尋ねた。

「温井先生には恩義があるからです」

静かな声で戸次は答えた。

「どんな恩義だ？」

厳しい顔つきで明智は訊いた。

「それは申しあげられません」

戸次はうつむいて答えた。

「このわたしにもか」

明智は眉間にしわを寄せて詰め寄った。

「申し訳ありません」

苦しげな顔で戸次は頭を下げた。

「わかった。いずれ明らかになるだろう」

表情を変えずに明智は言った。

「どうかお許しください」

ふたたび戸次は深々と頭を下げた。

「おまえがもしまだ俺たちの仲間だったら、温井宗矢の政治生命を終わらせろ」

諭すような明智審議官の声だった。

「仲間とおっしゃるんですか？」

戸次刑事部長は驚いたように訊いた。

「少なくともわたしが管理官だったあの頃、おまえと遊佐、朝倉、矢野は仲間だった」

淋しそうに明智審議官は言った。

「そして、いつの日か、朝倉くんのあの事件を解決しなくてはならん」

この言葉を聞いた戸次刑事部長の顔はさっと真っ白になった。

「明智さん……わたしは間違った人生を歩んできてしまいました」

机に両手をついて戸次は身体を折った。

「なんだと」

明智の声がかすれた。

「あなたが知っているわたしは、もうおりません」

暗い声で戸次は言った。

天井を見上げて明智はしばらく黙っていた。

「そうか……」

視線を戸次に向けると、明智は言葉少なく答えた。

その横顔は言いようもなく暗いものだった。

「さぁ、帰るぞ」

明智審議官は戸口へ向き直った。

ちらっと見ると、戸次刑事部長の両眼には涙がいっぱいにたまっていた。

エントランスの前の道にはパトカーが迎えに来ていた。

今川は運転手役の巡査に、金沢城大手門口近くのホテルの名を伝えた。そこに三部屋を取ってくれているそうだ。

ホテルのエントラスで真冬たちは遊佐と別れた。

どこかの宿に泊まることを今川は勧めたが、遊佐は首を横に振った。

「いや、輪島中央署にクルマ置きっぱなしなんで帰りますわ」

助手席のサイドウィンドウが閉まってゆく。

「とーと」

真冬はふと自分の口から出た言葉に驚いた。

遊佐を父のように感じていたのだろうか。

聞こえたのか聞こえなかったのか、遊佐は黙って笑っていた。

パトカーは夜の街に消えていった。

7

その夜、今川はグルメガイド片手に金沢の旧市街に飛び出していった。

真冬と明智はホテルのレストランで加賀料理のコースを頼んだ。

カニや刺身も美味しかったが、能登の寒ブリやいしる鍋に敵うものではなかった。

それでも、明智は喜んで箸をつけていた。

もっと本格的な加賀料理を食べさせてあげたかった。

「あらためて、朝倉くんに身を守ってもらったことを感謝し、君につらい少女時代を送らせたことをお詫《わ》びする」

酒に少しだけ頬を染めて真剣な顔で明智は頭を下げた。

「そんな……審議官のせいではありません」

悪いのは犯罪者たちだ。明智ではない。

「あの事件はまだすべてが霧のなかだ。少しでも謎を解いていかなければならない。わたしも退職が近づいてきた、焦る気持ちは年々強くなる」

意外なことばかり言う明智に、真冬はとまどうばかりだった。

「まだ追いかけてくださっているんですね」

嬉しい驚きだった。

「ああ、わたしの一生涯背負うべき十字架だよ」

沈んだ声で明智は言った。

「もう一杯やらないか」

明智は徳利を手にして微笑んだ。

「頂きます」

酒杯を差し出して真冬はこくりとうなずいた。

注がれた酒を真冬はゆっくりと飲み干した。

「ところで、遊佐さんは仲間だとおっしゃっていましたね」

真冬の言葉に、明智は静かにあごを引いた。

「ああ、朝倉の父君と同じく、遊佐のことも上司と部下の枠を超えた仲間だと思っていたよ」

「わたしが最初に遊佐さんの名前を出したときに、なぜ、知り合いだとおっしゃらなかったのですか」

素朴な疑問だった。

「わたしの知り合いだと言えば、君が無条件に遊佐を信用するおそれがあったからだ」

「そうなのですか」

照れくさそうに明智は笑った。

いつにない明智の笑顔を見て、真冬は以前から気になっていたことを尋ねてみる勇気が出てきた。

「伺いたいことがありまして……」

遠慮がちに真冬は切り出した。

「なにかな」

おだやかな顔で明智は訊いた。

「わたしを地方特別調査官にお命じになったのはどうしてなんですか。父と関係があることなのでしょうか」

思い切った真冬の問いにも、明智のおだやかな表情は変わらなかった。

「関係ないとは言えない。キャリアは官僚として成長する。若い頃、都道府県警本部に配置されても管理官、課長などになる。出向して大使館の書記官などに就くことも少なくない。さらに本庁に戻っても課長、理事官、参事官など現場を知らないで進むことが多い。犯罪被害者の苦しみを知らずに昇進してゆくことになりがちだ。わたしは石川県警の捜査二課で管理官となり、現場に出ることもできた。詐欺や横領の被害者の苦しみを直接に知ることができた」

明智は杯の酒を干して言葉を継いだ。

「わたしは君が警察官僚の道を進み、しかも刑事局に配置されたことを知って驚いた。君を調査官の仕事に就けたのは、朝倉義男くんのように君に現場を知ってほしかったからだ。被害者の苦しみを知り、現場の捜査官の苦悩や努力を知ってほしかった」

真冬のこころは震えた。

感情が見えないと感じていた明智が、こんなにもあたたかいこころで自分を見ていたとは……。

就任当初に真冬は警察官僚としての檜《ひのき》舞台から下ろされ、ドサ回りを演じさせられ、流刑《るけい》にあったように感じた。そんな自分が真冬は恥ずかしくなった。

「なぜ、そのことをお話しくださらなかったんですか」

そんな気持ちを抑えて真冬は訊いた。

「今回のようなことがなければ、ずっと黙っていたさ。君には自然なかたちで現場を知ってほしかったからな」

やわらかな声で明智は言った。

「そうだったんですね」

「わたしは君の父君を死なせてしまった。ずっと自責の念に苛《さいな》まれていて、いつかきちんと謝らなければならないと思っていた。さらには、君を見守っていきたいと思っていた。しかし、君にそのことを知られたくはなかった」

明智が自分に対して感情を見せなかったのも、そのことがあるのかもしれない。

「君が刑事局に配置になった頃、わたしはちょうど地方特別調査官の職を新設したいと考えていた。君を調査官とすれば、わたしの直属の部下にできる」

明智は静かに笑った。

「ありがとうございます。ノマド調査官としてこれからもせいいっぱい頑張ります」

感謝の気持ちいっぱいに真冬は頭を下げた。

「なるほど、ノマド調査官か。いいネーミングだな」

明智は声を立てて笑った。

「ところで、三日くらい休暇を取ったらどうだ。祖母君のところへ帰ってやりなさい」

やさしい声で明智は言った。

「でも、土日は祖母と一緒にいましたから」

真冬の言葉に明智は首を横に振った。

「わたしはまだ一度もお目に掛かっていない。本来ならばお詫びに伺わなければならなかったが、つらすぎて伺わないでいるうちにこんなに時間が経ってしまった」

淋しげに明智は言った。

「では、お言葉に甘えて、年次休暇を頂き、祖母のところに二泊させて頂きます」

真冬の言葉に明智審議官はにっこり笑って徳利を差し出した。

明智とこんな時間をすごす時が来るとは夢にも思っていなかった。

翌日はホテルのレストランで明智や今川とバイキング形式の朝食をとった。

「やっぱり金沢の料理は最高ですね。昨夜は治部煮《じぶに》やゴリ料理、それにノドグロをはじめとする日本海の幸を堪能しましたよ。もちろん寒ブリも頂きました。宇出津《うしつ》産ではなかったですけどね」

ほくほく顔で今川は言った。

スクランブルエッグを食べながら、昨夜の金沢料理を思い出している姿はおかしかった。

明智は黙って焼き鮭をつついている。

スマホが振動した。

真冬は足早にレストランを出て廊下で電話をとった。

高坂捜一課長からの電話だった。

「夜明けと同時に家宅捜索をしたところ、アルファード内から血痕や女性の毛髪が出ました。温井隆矢に対する逮捕状も昨夜のうちに滞りなく発給され指名手配も完了しています。殺人容疑で近日中に逮捕できるものと思います。また、長岡忠司もまず死体遺棄で逮捕状を取りました。殺人の幇助《ほうじょ》にできるかはこれからの課題ですね。温井の犯行の概要は朝倉さんの考えておられた通りだと思われます。まぁ、温井隆矢と長岡忠司を逮捕して取り調べすれば明らかになるはずです。また、児玉署長、三吉刑事課長、温井宗矢議員についての犯人隠避等についても捜査を継続しています。朝倉警視、多々ご協力ありがとうございました」

高坂一課長の声は弾んでいた。

「いえ……すべて明智審議官のお力です」

謙遜《けんそん》でもなく真冬は答えた。

「明智審議官には事件が解決しましたら、本部長とともにごあいさつにうかがいます。それでは失礼します」

明るい声で電話は切れた。

席に戻った真冬は高坂一課長から聞いた内容について、明智審議官に報告した。

今川のスマホが振動した。

にやりと今川が笑った。

「なにかあったの？」

真冬が訊くと、今川は表情をあらためた。

「いま警視庁捜一の捜査官からメールが入りました。温井隆矢が先ほど身柄確保されました」

きっぱりとした口調で今川は言った。

「やった！」

真冬は嬉しかった。

平田友梨亜の生命が戻ることはないが、遊佐や片桐の苦労も報われる。

「そうか……」

コーヒーカップから口を離して明智は言った。

「隆矢はどこで逮捕されたと思いますか」

今川の身体はかすかに震えている。

笑いをこらえているらしい。

「いったいどこなの？」

もったいぶっている今川にいらいらして真冬は尋ねた。

「舞浜のホテルですよ。ヤツは東京ディズニーランドに新しい彼女と出かける予定だったみたいです」

今川は笑い混じりに答えた。

「新しい彼女ですって……」

真冬は言葉を失った。

友梨亜を殺して一年もしないというのに、もう次の女性とつきあっているというのか。

「隆矢のスマホの位置情報を探知してすぐに居場所がわかりました。捜査員が急行して、あっさり身柄を確保されました。おまけに、本名でチェックインしていたんですよ」

おもしろそうに今川は笑った。

「隆矢は自分が逮捕されるなんて、まったく思っていなかったのね」

真冬はあきれ声を出した。

緊張感がないというか、罪の意識がないというか、温井隆矢は本当にロクでもない男だ。

ふと気づくと、明智は沈んだ顔であごに手をやっている。

「審議官、お顔の色がよくないですね」

真冬は気になって訊いた。

「いや、戸次のことを考えてな」

明智は眉根を寄せた。

「戸次さんのことですか」

真冬は明智の目を見て訊いた。

「温井隆矢は、地方の権力者や金持ちのドラ息子のなかでもいちばんダメなタイプの男だろう。だが、戸次や児玉、三吉はそんな男のために、自分のすべてを失ったわけだ。警察官としての矜持《きょうじ》、いや、人としての誇りを捨てた者たちの末路だ」

暗い声で明智は言った。

「そういうことには考えが及ばず……すみませんでした」

今川はしょげた顔を見せた。

明智は表情をやわらげてうなずいた。

「ああ、雪……」

真冬はつぶやいた。

レストランの大きな窓の向こうにちらちらと細かい雪が降り始めているのが見えた。

誰の死を悼《いた》む雪なのだろうか。

ふるさと石川に、新たな悲しい記憶が残る旅となった。

エピローグ

祖母とともに三日間を過ごし、東京に戻った翌日だった。

能登や金沢と違って、東京は真空色《まそらいろ》の青空がひろがっていた。

朝から真冬は今回の事件の記録書類を作成していた。

真冬の机の内線電話が鳴った。

「明智だ」

受話器からこわばった明智の声が響いた。

明智審議官からの内線電話は珍しかった。

「おはようございます。お言葉に甘えて祖母とゆっくり温泉にも入れました」

いぶかしみながら真冬は、感謝の言葉を口にした。

だが、明智は真冬の言葉には応えなかった。

「……今朝早く、戸次が自宅で縊死《いし》しているところが発見された。遺書があったので、金沢中署は自殺とほぼ断定している。戸次は自首を選ばずに自らの生命を絶ったのだ」

沈うつな声で明智はあまりにも悲しい事実を告げた。

「そんな……」

真冬は言葉を呑み込んだ。

「彼にはすべてが重荷だったのだろう。わたしはとりあえず金沢の自宅を訪ねようと思う」

深い悲しみが明智を包んでいることが痛いほど伝わってきた。

「わたしもお供致しましょうか」

「彼の死はまずは仲間で悲しむことにしたい。遊佐には連絡した」

静かな声で明智は言った。

「わかりました」

いたたまれない気持ちで真冬は答えた。

「残念でならない」

明智は苦しげに言って電話を切った。

真冬は気抜けして書類も手につかず、ぼーっとしてしばらく過ごした。

「おはようございます。郵便です」

今朝、警察庁に着いた郵便物を係の者が手にして近づき書類トレーに重ねて置いた。

いちばん上には見慣れぬ奉書紙の封筒が置かれていた。

真冬に届くほとんどの郵便物は、各都道府県警察本部やほかの省庁からのものだ。

奉書紙の封筒は、それらの官庁からのものとは思われなかった。

個人からのものに違いない。

「誰からだろう」

つぶやきながら真冬は封筒を手に取った。

宛名はたしかに朝倉真冬だった。

昨日の金沢中央郵便局の消印が捺《お》されていた。

真冬はゆっくりと裏を返した。

「これって……」

金沢市内の住所とともに記された差出人の名前を見て、真冬は絶句した。

それは死者からの手紙だった。

震える手で真鍮《しんちゅう》製のペーパーカッターを手にして、真冬は封を切った。

——朝倉真冬様
あなたにはお詫びしなくてはならなかった。
それをかなえられなかったことが心残りです。
あちらで父君にお詫びします。

戸次親治拝

封筒から一枚の色あせた写真がハラリと机の上に落ちた。

ワイシャツ姿の五人の男たちが、湯涌温泉の白雲楼ホテルの壮麗な玄関前で笑っている。

「とーと……」

真冬はのどの奥でうなった。

前列右側でしゃがんでいるのは、記憶に残っている父に間違いなかった。

父ははにかむように笑っている。

その横には明智と思しき男が陽気な笑顔を見せていた。

さらに後列の左端には遊佐らしき中年男がピースサインを出し、隣には戸次がきまじめな顔で写っていた。

明智も遊佐も戸次も考えられぬほど若々しい。

遊佐はたっぷりある髪を後退させればいまも面影がよく残っていた。

だが、明智と戸次は面変わりしている。

むかしの彼らの表情はこんなにも明るく生き生きとしていたのか。

後列右端には見知らぬ男が写っている。これが矢野なのだろう。

父の仲間たちの想い出だった。

いったいなぜ戸次は、真冬にこんな手紙を送ってきたのか。

明智は父が自分の身代わりになったことを詫びた。

では、戸次は真冬になにを詫びたかったのだろう。

その答えを訊くことはもうかなわない。

真冬は手紙を手にしていつまでもぼう然としていた。

窓の外の空はいよいよ青かった。

この作品は徳間文庫のために書下されました。
なお本作品はフィクションであり実在の個人・団体などとは一切関係がありません。

徳間文庫

警察庁ノマド調査官　朝倉真冬

能《の》登《と》波《なみ》の花《はな》殺《さつ》人《じん》事《じ》件《けん》

2023年9月15日　初刷

著者　鳴《なる》神《かみ》響《きょう》一《いち》

発行者　小宮英行

発行所　株式会社徳間書店

東京都品川区上大崎三―一―一
目黒セントラルスクエア　〒141―8202

電話　編集〇三(五四〇三)四三四九
　　　販売〇四九(二九三)五五二一

振替　〇〇一四〇―〇―四四三九二

印刷
製本　大日本印刷株式会社

ISBN978-4-19-894886-3　(乱丁、落丁本はお取りかえいたします)

徳間文庫の好評既刊

ノッキンオン・ロックドドア

青崎有吾

　密室、容疑者全員アリバイ持ち――「不可能」犯罪を専門に捜査する巻き毛の男、御《ご》殿《てん》場《ば》倒《とう》理《り》。ダイイングメッセージ、奇妙な遺留品――「不可解」な事件の解明を得意とするスーツの男、片《かた》無《なし》氷雨《ひさめ》。相棒だけどライバル（？）なふたりが経営する探偵事務所「ノッキンオン・ロックドドア」には、今日も珍妙な依頼が舞い込む……。新時代の本格ミステリ作家が贈るダブル探偵物語、開幕！